MEDEIA

CLÁSSICOS ZAHAR
em EDIÇÃO BOLSO DE LUXO

O morro dos ventos uivantes
Emily Brontë

Sherlock Holmes (9 vols.)
Arthur Conan Doyle

As aventuras de Robin Hood
O conde de Monte Cristo
Os três mosqueteiros
Alexandre Dumas

O corcunda de Notre Dame
Victor Hugo

Mowgli
Rudyard Kipling

Arsène Lupin (6 vols.)*
Maurice Leblanc

O Lobo do Mar
Jack London

Os Maias
Eça de Queirós

Frankenstein
Mary Shelley

Antígona
Édipo Rei
Sófocles

Drácula
Bram Stoker

Títulos disponíveis também em edição comentada e ilustrada
(exceto os indicados por asterisco)
Veja a lista completa da coleção no site zahar.com.br/classicoszahar

EURÍPIDES

MEDEIA

Tradução do grego:
MÁRIO DA GAMA KURY

Apresentação:
ADRIANE DA SILVA DUARTE

4ª reimpressão

Copyright da tradução © 1991 by Mário da Gama Kury
Copyright © 2021 by Editora Zahar

Grafia atualizada segundo o Acordo Ortográfico da Língua Portuguesa de 1990, que entrou em vigor no Brasil em 2009.

Título original
Medeia

Capa e ilustração
Rafael Nobre

Projeto gráfico
Carolina Falcão

Revisão
Huendel Viana
Marise Leal

Dados Internacionais de Catalogação na Publicação (CIP)
(Câmara Brasileira do Livro, SP, Brasil)

Eurípides
    Medeia / Eurípides ; tradução Mário da Gama Kury ; apresentação de Adriane da Silva Duarte. — 1ª ed. — Rio de Janeiro: Zahar, 2021.

(Edição bolso de luxo)

    Título original: Medeia.
    ISBN 978-65-5979-011-1

    1. Medeia (Mitologia grega) 2. Teatro grego (Tragédia) I. Duarte, Adriane da Silva. II. Título. III. Série.

21-62476

CDD: 882

Índice para catálogo sistemático:
1. Teatro : Literatura grega antiga 882

Maria Alice Ferreira – Bibliotecária – CRB-8/7964

Todos os direitos desta edição reservados à
EDITORA SCHWARCZ S.A.
Praça Floriano, 19, sala 3001 — Cinelândia
20031-050 — Rio de Janeiro — RJ
Telefone: (21) 3993-7510
www.companhiadasletras.com.br
www.blogdacompanhia.com.br
facebook.com/editorazahar
instagram.com/editorazahar
twitter.com/editorazahar

SUMÁRIO

Apresentação   7

MEDEIA   17

Apresentação

EURÍPIDES E A *MEDEIA*

Pouco se conhece das vidas de Ésquilo e Sófocles, mas ainda menos sabemos sobre a de Eurípides. Os registros transmitidos nas antigas *Vidas*, relatos entre o biográfico e o anedótico, desprovidos de bases documentais e que tomam muitas vezes informações emprestadas da obra do autor retratado, dão conta de um nascimento quase mítico: em Salamina, no mesmo dia em que os gregos bateram os persas na célebre batalha naval de 480 a.C. Os comediógrafos diziam-no "o filho da feirante", o que alguns entendem como uma alusão à sua origem humilde. Isso é altamente improvável, no entanto, já que a dedicação à poesia requeria ócio e uma formação custosa. A alcunha explica-se melhor pela dicção menos elevada de suas tragédias, o destaque que dá a personagens oriundos dos extratos mais baixos da sociedade ou, ainda, pela propensão de rebaixar alguns heróis do mito — a Electra da tragédia homônima, por exemplo, se casa com um camponês pobre e vai, ela mesma, buscar água na fonte para abastecer a casa.

O interesse de Eurípides pelas doutrinas dos sofistas, que aparece em sua obra na crítica à tradição e no gosto pelos embates retóricos, lhe confere aura intelectual. Talvez por isso atribua-se a ele a posse de uma das primeiras bibliotecas de Atenas. O relato de que, para compor, se isolava no fundo de uma caverna pode derivar do fato de não ter alcançado em vida a mesma popularidade de que gozou após a morte e, portanto, não ter sido inteiramente aceito por seus contemporâneos. Alguns comentadores interpretam nesse mesmo sentido o autoexílio na corte de Arquelau, da Macedônia, onde viveu seus dois últimos anos. Segundo algumas fontes, Eurípides teria morrido em 406 a.C., despedaçado pelos cães de caça do rei, o que o iguala aos heróis de suas tragédias. Segundo outros, teve um fim mais prosaico, em Atenas mesmo, às vésperas de um concurso dramático. Conta-se que Sófocles vestiu a si e a seus atores de luto para lamentar a morte do colega.

Paradoxalmente, é desse poeta que só alcançou a vitória quatro vezes nos concursos públicos de dramaturgia, durante uma carreira de quase meio século, que foi preservado o maior número de tragédias, dezessete, excluída a apócrifa *Reso*, além de um drama satírico, *O ciclope*. No total, calcula-se que tenha composto cerca de noventa peças. Isto se explica em parte pelo prestígio do tragediógrafo nos séculos que se seguiram imediatamente à sua morte, já que sua influência sobre os poetas posteriores — tanto trágicos quanto cômicos, diga-se de passagem — eclipsou a obra de Ésquilo e de Sófocles. Mas os acasos da preservação de manuscritos na Antiguidade também contribuíram para que tantos títulos de Eurípides chegassem até nós.

Pouco se sabe da sua produção inicial, pois, ainda que tenha começado a competir em 455 a.C., a "tragédia" mais antiga que ficou é *Alceste*, de 438 a.C. As aspas se justificam pela originalidade da peça, que é *mezzo* trágica *mezzo* cômica — de fato ela ocupou o quarto lugar da tetralogia, normalmente reservado para o drama satírico. A censura que as mulheres dirigem a Eurípides na comédia *As tesmoforiantes*, de Aristófanes — a saber, que ele apresentava em suas tragédias apenas heroínas depravadas, mas jamais uma Penélope, modelo de fidelidade feminina —, careceria de fundamento, caso se lembrassem de Alceste.

Em sua devoção à família, a personagem não fica atrás da Antígona sofocliana, uma vez que cede sua vida para salvar a do marido, Admeto. Ele fora agraciado por Apolo com uma vida longa, desde que encontrasse alguém que se dispusesse a morrer em seu lugar no momento previamente fixado pelas Moiras, as divindades que controlam o destino. Somente a esposa se dispõe a trocar de lugar com ele. A despedida de Alceste dos seus familiares é a parte tocante da peça. Com a entrada de um Héracles espalhafatoso e bufão, o tom muda. O herói arrebata Alceste das mãos de Tânatos, a Morte em pessoa, restituindo-a ao mundo dos vivos, numa ação que só tem paralelo na comédia, como por exemplo em *As rãs*, de Aristófanes, em que um Dioniso disfarçado de Héracles vai ao Hades para trazer de volta à luz ninguém mais, ninguém menos que... Eurípides!

Alceste, entretanto, não se enquadra no padrão do drama satírico, a começar pela ausência do coro de sátiros que lhe confere o nome. De fato, satírico aqui nada tem a ver com sátira, que era uma prerrogativa da comédia. A quarta peça das tetralogias constituía tradicionalmente um burlesco mitológico, no qual se empregava, embora mais livremente, os mesmos metro e linguagem da tragédia, usualmente parodiando-a.

O ciclope é o único exemplar conservado na íntegra desse gênero. Nele, Eurípides adapta o episódio do encontro entre Odisseu e o ciclope Polifemo narrado por Homero no canto IX da *Odisseia*. Os sátiros entram na história como náufragos escravizados por Polifemo — a servidão e o exílio involuntário também são constantes nos enredos do drama satírico. Com a ajuda do coro, desejoso de voltar para casa e para o cortejo de Dioniso, de quem são acompanhantes, Odisseu embebeda e cega o monstro de um olho só, escapando a seguir para o navio junto com seus novos amigos. Sem dúvida, há algo de patético nessa peça, em que Odisseu vem à cena descrever minuciosamente como seus marinheiros foram devorados pelo gigante canibal e em que, depois, o monstro ensanguentado urra de dor no palco. Tudo isto, contudo, é contrabalançado pelas zombarias, cantos jocosos e tiradas obscenas da parte dos sátiros.

Além dessas duas peças, sobreviveram as seguintes tragédias de Eurípides: *Medeia, Hipólito, Heráclidas, Hécuba, Electra, Andrômaca, As suplicantes, As troianas, Helena, As fenícias, Héracles, Íon, Ifigênia em Táuris, Orestes, As bacantes* e *Ifigênia em Áulis*, as duas últimas apresentadas em Atenas postumamente. A partir desta lista, já se percebe a forte presença das figuras femininas no teatro de Eurípides. Antípoda de Alceste, Medeia é, sem dúvida, uma das mais conhecidas dessa galeria.

Produzida em 431 a.C., na antevéspera da Guerra do Peloponeso, a peça sobre a vingança da estrangeira contra o marido que a abandona para desposar a filha do rei foi rotulada, por alguns comentadores, como o primeiro drama burguês, em que o ciúme é o motor dos acontecimentos. No entanto, o que está no centro desta tragédia é a honra, não o ciúme. Medeia é uma heroína ciosa de sua reputação, não concebendo tornar-se alvo de comentário e chacota alheios. A decisão de punir Jasão, apoiada pelo coro de mulheres coríntias que a cerca, é precipitada pela ordem vinda de Creonte, rei de Corinto (não confundir com o homônimo tebano, cunhado de Édipo), para que ela deixe imediatamente a cidade, acompanhada dos filhos. Sem poder contar com o amparo de sua família — que traíra ao ajudar Jasão a se apoderar do velocino de ouro —, duplamente sem pátria, impedida de retornar à sua terra natal e expulsa de Corinto, Medeia prevê para si e para os filhos um futuro desonroso. O exílio é a "gota d'água" (aliás, título da peça em que Chico Buarque e Paulo Pontes revisitam a tragédia euripidiana, situando-a no subúrbio carioca na década de 1970).[*] Jasão é culpado por subordinar os juramentos sagrados, com que se unira a Medeia, à sua sede de poder, abandonando a família à própria sorte.

---

[*] Chico Buarque e Paulo Pontes. *Gota d'água: Uma tragédia brasileira*. Rio de Janeiro: Civilização Brasileira, 2009 (1. ed. 1975).

Através de sua heroína, Eurípides denuncia a condição da mulher na patriarcal sociedade grega. Numa longa fala (v. 258--283), Medeia expõe toda a fragilidade de seu sexo, que, com o dote, paga para servir a um marido que não escolhe, reclusa e sem reclamar, sob o risco de ser repudiada. A declaração de que preferiria três vezes ir à guerra a parir uma única vez é sintomática. Alinhando-a aos heróis da época, revela que não se adapta ao padrão de comportamento feminino e que não irá se submeter às decisões masculinas, e sim combatê-las.

Sua arma, no entanto, não é a força, mas a persuasão e a magia. Medeia descende de uma família de feiticeiras (Circe, que transforma com suas drogas os companheiros de Odisseu em animais, na *Odisseia*, é sua tia), fator que contribui para o choque cultural que se dá entre ela, representante de um mundo arcaico e impregnado de sacralidade, e o marido, racionalista e pragmático — num embate bem marcado, por exemplo, no filme de Pier Paolo Pasolini homônimo da tragédia.[*] São as drogas, com as quais embebe as finas vestes presenteadas à sua rival, que de um só golpe tiram a vida da princesa e a do rei, mortos num abraço. Jasão afirmará que ela ousou o que nenhuma grega ousaria (v. 1530-1531), atribuindo semelhantes atos à sua condição de bárbara.

Ainda assim, é pela palavra, atributo de que os gregos se orgulhavam, que Medeia convence Creonte a lhe dar mais um dia

---

[*] Pier Paolo Pasolini, *Medea*, 1969.

em solo coríntio; Egeu, rei ateniense, a recebê-la em Atenas; Jasão a levar seus filhos à presença da noiva para, com oferendas e súplicas, garantir que ao menos estes permaneçam na cidade (os presentes envenenados porão fim às bodas reais de Jasão). A habilidade de Medeia no que toca ao discurso é inegável, mas ela a emprega para enganar e alavancar seus planos de vingança.

Ao enviar os filhos como portadores da morte, Medeia sela o destino deles, pois, se não viessem a perecer pelas mãos maternas, certamente seriam apedrejados até a morte pelos habitantes de Corinto. Em uma das versões do mito, é exatamente isso que acontece; o filicídio, ao que tudo indica, foi uma invenção de Eurípides.

A liberdade com que manipula a herança mítica e dialoga com a tradição poética é uma característica de Eurípides. Logo no início da tragédia, no prólogo expositivo, que por sinal é outra de suas marcas, uma serva de Medeia, ama de seus filhos, repassa com os espectadores o relato estabelecido nas fontes anteriores à peça, basicamente Hesíodo e Píndaro.[*] Destaca-se a trajetória de Medeia desde a Cólquida, terra bárbara nos confins do mundo conhecido, até a Grécia. De lá viera em com-

---

[*] O mito de Medeia associa-se à expedição dos Argonautas, liderados por Jasão, à Cólquida em busca do velocino de ouro. Há referências a essas histórias em Homero (*Ilíada*, VII, 468-469; XXI, 40-41; *Odisseia*, XI, 235-259; XII, 69-72), Hesíodo (*Teogonia*, 992-1002), Píndaro (IV *Pítia*). Outros poetas, tanto épicos quanto dramáticos, compuseram obras sobre o tema, que subsistem apenas em fragmentos, se tanto. Não menos importante para recompor a história é a iconografia, especialmente a pintura cerâmica.

panhia de Jasão, a quem ajudara na conquista do velocino de ouro, inclusive matando o próprio irmão para possibilitar a fuga do herói. Na cidade grega de Iolco, persuade as filhas do rei usurpador Pélias, tio de Jasão, a matar o pai, sob o pretexto de rejuvenescê-lo, fervendo-o num caldeirão (Eurípides estreia nos festivais dramáticos com *Pelíades*, tragédia que trata justamente desse episódio do mito). Segue-se o exílio do casal e seus filhos em Corinto, onde se passa a ação da *Medeia*. Dentre as novidades que o poeta parece ter introduzido estão a passagem de Egeu, rei ateniense, por Corinto para pessoalmente oferecer asilo à heroína; o assassinato de Creonte e da princesa por meio de presentes levados pelas crianças; e a fuga na carruagem do Sol; além, é claro, do infanticídio.

O impacto dessas mudanças deve ter contribuído muito para tornar esta uma das tragédias mais polêmicas do corpus antigo. Sua recepção, quando da estreia, não foi das melhores. A trilogia apresentada por Eurípides recebeu o terceiro (e último, vale lembrar) prêmio. Aristóteles, na *Poética*, censura a intervenção de Egeu na tragédia, que lhe parece desmotivada do ponto de vista da ação dramática (como justificar a visita tão oportuna do rei?), e o fato de o desenlace apoiar-se no uso do deus ex machina. Sua influência posterior, no entanto, é inegável e impressionante: Apolônio de Rodes, Ovídio, Sêneca, Corneille, Anouilh, Heiner Müller, Christa Wolf são apenas alguns dos que, seguindo os rastros do poeta grego, revisitaram o mito de Medeia.

Outro traço marcante da tragédia é a exposição do ser dilacerado da heroína. A decisão de matar os filhos, que lhe custa o apoio do coro, não está livre de sofrimento. O monólogo em que pondera se a punição ao pai vale a morte das crianças é justamente famoso (v. 1159-1230). Nele, Medeia considera abandonar seu plano e salvar a vida dos filhos, empreendendo com eles a fuga. Prevalecem, porém, o senso de honra e o ímpeto de vingança. O espectador é convidado a acompanhar o processo de tomada de decisão da perspectiva interna da personagem, algo inusitado no teatro da época.

Ao final da peça, Eurípides recorre ao deus ex machina para exibir uma Medeia divinizada a bordo da carruagem do Sol, de Apolo, seu avô, cercada pelos cadáveres dos filhos. Os atos da heroína, repugnantes do ponto de vista humano, são, então, ratificados no âmbito divino. Ela transcende a natureza feminina para tornar-se um demônio vingador do perjuro Jasão, conforme ele mesmo nota (v. 1523-1524). Diante de tamanhos infortúnios, compreende-se por que Aristóteles julgava Eurípides o mais trágico dos poetas trágicos.

ADRIANE DA SILVA DUARTE

Adriane da Silva Duarte é professora de língua e literatura grega na USP, onde defendeu mestrado e doutorado sobre comédia grega. É autora, entre outros, das traduções das comédias *As aves*, *Lisístrata* e *As tesmoforiantes*, de Aristófanes, e dos livros *O dono da voz e a voz do dono: A parábase na comédia de Aristófanes* e *Cenas de reconhecimento na poesia grega*, além do infantil *O nascimento de Zeus e outros mitos gregos*.

MEDEIA

Época da ação: Idade heroica da Grécia
Local: Corinto
Primeira representação: 431 a.C., em Atenas

PERSONAGENS

MEDEIA
AMA
JÁSON*
CREONTE, rei de Corinto
EGEU, rei de Atenas
PRECEPTOR
MENSAGEIRO
FILHOS de Jáson e Medeia
CORO de mulheres coríntias

CENÁRIO

O frontispício da casa de Medeia em Corinto

---

* Respeitou-se aqui, e em outros nomes ao longo da peça, a opção de transliteração do tradutor.

PRÓLOGO, Cena 1

[A criada de Medeia expõe a situação inicial da peça,
ressaltando o estado lamentável em que sua senhora se
encontra após o anúncio das bodas de Jasão com a princesa
coríntia. Estrangeira em terras gregas e, agora, abandonada
pelo marido, Medeia não tem a quem recorrer. A Ama teme
que ela, devido a seu temperamento, cometa um ato extremo,
atentando contra a própria vida ou a de outros. (v. 1-61)]

AMA
Saindo da casa de MEDEIA.

Ah! Se jamais os céus tivessem consentido
que *Argó* singrasse o mar profundamente azul
entre as Simplégades, num voo em direção
à Cólquida, nem que o pinheiro das encostas
5   do Pélion desabasse aos golpes do machado
e armasse assim com os remos as mãos dos varões
valentes que, cumprindo ordens do rei Pelias,
foram buscar o raro velocino de ouro!
Não teria Medeia, minha dona, então,
10 realizado essa viagem rumo a Iolco

com o coração ardentemente apaixonado
por Jáson, nem, por haver convencido as filhas
de Pelias a matar o pai, viveria
com Jáson e com seus dois filhos nesta terra,
15 Corinto célebre. Ela se esforçava ao máximo
por agradar aos habitantes da cidade
que é seu refúgio e, tanto quanto era capaz,
por sempre concordar com Jáson, seu marido
(salva-se o casamento com maior certeza
20 quando disputas não afastam a mulher
de seu consorte). Mas agora a inimizade
a cerca por todos os lados e ela vê-se
ameaçada no que tem de mais precioso:
traidor dos filhos e de sua amante, sobe
25 Jáson em leito régio, desposando a filha
do rei Creonte, senhor do país. Medeia,
a infeliz, ferida pelo ultraje invoca
os juramentos, as entrelaçadas mãos
— penhor supremo. Faz dos deuses testemunhas
30 da recompensa que recebe do marido
e jaz sem alimento, abandonando o corpo
ao sofrimento, consumindo só, em pranto,
seus dias todos desde que sofreu a injúria
do esposo; nem levanta os olhos, pois a face
35 vive pendida para o chão; como um rochedo,
ou como as ondas do oceano, ela está surda
à voz de amigos, portadora de consolo.
Às vezes, todavia, a desditosa volve

o colo de maravilhosa alvura e chora
40 consigo mesma o pai querido, sua terra,
a casa que traiu para seguir o homem
que hoje a despreza. Frente aos golpes do infortúnio,
sente a coitada quão melhor teria sido
se não abandonasse a pátria de seus pais.
45 Os filhos lhe causam horror e já não sente
satisfação ao vê-los. Chego a recear
que tome a infeliz qualquer resolução
insólita; seu coração é impetuoso;
ela não é capaz de suportar maus-tratos.
50 Conheço-a e temo que, dissimuladamente,
traspasse com punhal agudo o próprio fígado
nos aposentos onde costuma dormir;
ou que chegue ao extremo de matar o rei
e o próprio esposo e, consequentemente, chame
55 sobre si mesma uma desgraça inda pior.
Ela é terrível, na verdade, e não espere
a palma da vitória quem atrai seu ódio.
Mas vêm aí os filhos dela, que acabaram
de exercitar-se nas corridas; não percebem
60 quão desditosa é sua mãe; o coração
dos jovens não se adapta logo ao sofrimento.

Entra o PRECEPTOR *com os filhos de* MEDEIA.

PRÓLOGO, Cena 2

[O Preceptor chega do ginásio trazendo os dois filhos de
Jasão e Medeia, além de uma notícia arrasadora: Creonte
decidira expulsar Medeia e as crianças de Corinto. Medeia é
apresentada como desvalida, digna de piedade; Jasão, como
desprezível, traidor da família. Ainda assim, a Ama teme
pelas crianças, dado o ânimo selvagem da mãe, prevendo
que em breve a dor resultará em fúria. (v. 62-114)]

PRECEPTOR

Idosa serva da casa de minha dona,
por que estás aí, sozinha em frente à porta,
trazendo à própria mente a tua inquietação?
65   Preferirá Medeia ficar só, sem ti?

AMA

Velho guardião dos filhos de Medeia, a dor
dos donos é também de seus servos fiéis
e lhes destroça o coração. A minha mágoa
é tanta que fui dominada pela ânsia
70   de vir até aqui contar ao céu e à terra
os infortúnios todos de minha senhora.

PRECEPTOR

Não para de gemer, então, a desditosa?

AMA

Invejo a tua ingenuidade! Mal começam
suas desgraças; nem chegaram à metade!

PRECEPTOR

75 Ah! Desvairada (se posso falar assim
de meus senhores)! Ela ignora os novos males!

AMA

Mas, que se passa, velho? Por favor, explica-te!

PRECEPTOR

Nada... Arrependo-me do que falei há pouco.

AMA

Com um gesto de súplica.

Não, por teu queixo! Nada deves ocultar
80 à companheira deste longo cativeiro.
Não falarei de modo algum aos lá de dentro.

PRECEPTOR

Ouvi dissimuladamente uma conversa,
sem dar a perceber sequer se a escutava,
ao chegar perto de uns jogadores de dados,
85 lá para os lados da água santa de Pirene
onde os mais velhos vão sentar-se. Eles diziam
que os filhos iam ser expulsos de Corinto,

e a mãe com eles, por Creonte, nosso rei.
Não sei se esse rumor é exato (antes não seja!).

AMA

90 E deixará Jáson tratarem desse modo
os filhos, apesar do desentendimento
que se manifestou entre a mãe deles e ele?

PRECEPTOR

Cede a aliança antiga em face de uma nova
e ele já não se mostra amigo desta casa.

AMA

95 Então estamos arruinados se juntamos
nova desgraça à anterior, antes de exausta
inteiramente a desventura mais antiga.

PRECEPTOR

Fica tranquila, ao menos tu, e nada digas;
nossa senhora inda não deve ouvir os fatos.

AMA

Dirigindo-se aos filhos de MEDEIA.

100 Estais ouvindo como vosso pai vos trata,
crianças? Não quero que morra (é meu senhor),
mas ele é mau com quem deveria ser bom.

PRECEPTOR

Qual dos mortais não é assim? Só hoje aprendes,
vendo um pai maltratar os filhos por amor,
105 que todos se julgam melhores do que são?

AMA

Dirigindo-se aos filhos de JÁSON e MEDEIA.

Tudo irá bem, crianças; ide para casa.

Dirigindo-se ao PRECEPTOR.

Tenta mantê-los afastados, se possível;
não lhes permitas chegar perto de uma mãe
desesperada; vi-a olhando-os ferozmente,
110 como se meditasse alguma ação funesta.
Ela por certo não refreará a cólera
até haver vibrado sobre alguém seus golpes.
Que os atos dela ao menos sejam praticados
contra inimigos e jamais contra os amigos!

Ouve-se a voz de MEDEIA no interior da casa.

PRÓLOGO, Cena 3

[Vindos do interior da casa, ouvem-se os lamentos da heroína. A
Ama inquieta-se com o estado de sua senhora e pede às crianças
que entrem na casa e evitem aproximar-se da mãe. Ela termina
a cena fazendo o elogio da moderação e de uma vida modesta
que, a seu ver, afasta o risco do descomedimento. (v. 115-146)]

MEDEIA

115 Como sou infeliz! Que sofrimento o meu,
desventurada! Ai de mim! Por que não morro?

AMA

Caras crianças, é assim; está inquieto
o coração de vossa mãe, inquieta a alma.
Ide sem vacilar em direção à casa.
120 Fugi ao seu olhar, evitai encontrá-la.
Deveis guardar-vos bem de seu gênio selvagem,
desse ânimo intratável, mau por natureza.
Ide mais velozmente, entrai sem vos deterdes!

As crianças e o PRECEPTOR *entram em casa.*

Vê-se que essa ascendente nuvem de soluços
125 logo se ampliará com mais furor ainda.
Quão longe irá esse inquieto coração,
essa alma indômita mordida pela dor?

MEDEIA
Do interior.

Pobre de mim! Que dor atroz! Sofro e soluço
demais! Filhos malditos de mãe odiosa,
130 por que não pereceis com vosso pai? Por que
não foi exterminada esta família toda?

AMA

Ah! Infeliz! Teus filhos não têm culpa alguma
nos desacertos de seu pai. Por que os odeias?
Tenho tanto receio de vos ver sofrer,
135 crianças minhas, neste desespero extremo!...
Os príncipes quando decidem são terríveis.
Mais afeitos ao mando que ao comedimento,
muito lhes custa recuar nas decisões.
É preferível aceitar a vida humilde;
140 pretendo apenas que me caiba envelhecer
longe dessas grandezas, em lugar seguro!
O justo meio até pelo seu nome obtém
a palma da vitória e sua utilidade
é incomparável na existência dos mortais.
145 Quanto ao excesso, em hora alguma ajuda os homens;
traz-lhes apenas as piores consequências.

Várias mulheres de Corinto, já idosas, constituindo o CORO,
entram em cena e desfilam silenciosamente, enquanto a AMA
pronuncia os últimos versos.

PÁRODO

[O Coro, composto por mulheres coríntias, ouve os lamentos
de Medeia e vem a sua porta saber o que a afeta e oferecer
solidariedade. A Ama explica a situação. O diálogo entre
Coro e Ama é intercalado por novos gemidos e imprecações
da heroína, ainda dentro do palácio. (v. 147-236)]

CORO

Ouvimos todas nós os gritos dela,
da infortunada princesa estrangeira.
A quietude ainda não chegou.

Dirigindo-se à AMA.

150 Tu, velha, fala! Ouvimos os soluços
no interior da casa resguardada;
sentimos igualmente a aflição
de um lar tão caro também para nós.

AMA

Já não existe o lar, tudo acabou.
155 Jáson prefere agora um leito nobre
e em sua alcova minha dona passa
os dias sem que a voz de amigo algum
consiga acalentar-lhe o coração.

MEDEIA

Do interior.

Por que as chamas do fogo celeste
160 não vêm cair sobre minha cabeça?
Qual o proveito de viver ainda?
Ai! Ai! Que venha a morte! Que eu me livre,
abandonando-a, desta vida odiosa!

CORO

Zeus, terra e luz! Ouvistes o clamor

165 da desditosa esposa soluçante?
Que força, então, te prende, triste louca,
ao horroroso leito? É certa a morte,
o fim de tudo, e logo chegará.
Por que chamá-la agora? Se o amor
170 de teu esposo quis encaminhá-lo
a novo leito, não o odeies tanto;
a tua causa está nas mãos de Zeus.
Não morras de chorar por um marido!

MEDEIA
Do interior.

Zeus poderoso e venerável Têmis,
175 vedes o sofrimento meu após
os santos juramentos que me haviam
ligado a esse esposo desprezível?
Ah! Se eu pudesse um dia vê-los, ele
e a noiva, reduzidos a pedaços,
180 junto com seu palácio, pela injúria
que ousam fazer-me sem provocação!
Meu pai, minha cidade de onde vim
para viver tão longe, após haver
matado iniquamente meu irmão!

AMA
185 Estais ouvindo seus lamentos, gritos
com que ela invoca Têmis, guardiã

da fé jurada, e Zeus, para os mortais
penhor do cumprimento das promessas?
Não é com pouco esforço que se pode
190   frear a cólera de minha dona!

CORO
Como conseguiremos vê-la aqui
em frente aos nossos olhos e ao alcance
de nossa voz? Talvez esqueça o ódio
que faz pesar-lhe o coração, talvez
195   esqueça o fogo que lhe queima a alma.
Que ao menos com meu zelo eu possa ser
amiga dos amigos meus. Vai, traze-a
até aqui e leva-lhe a certeza
de nosso afeto. Mas apressa-te, antes
200   que ela possa fazer algo de mau
aos seus, pois nota-se que a infeliz
soltou as rédeas de seu desespero.

AMA
Sim, obedecerei, mas tenho medo
e dúvidas quanto a persuadir
205   minha senhora. Seja como for,
irei desincumbir-me da tarefa
para agradar-vos, mas ela nos olha,
a nós, criadas, com o olhar feroz
de uma leoa que teve filhotes,
210   se alguém se acerca com uma palavra

à flor dos lábios. Com razão diríamos
que os homens do passado eram insanos,
pois inventaram hinos para as festas,
banquetes e outras comemorações,
215 lisonjeando ouvidos já alegres;
nunca, porém, se descobriram meios
de amenizar com cantos e com a música
das liras o funesto desespero,
e dele vêm a morte e os infortúnios
220 terríveis que fazem ruir os lares.
A música seria proveitosa
se conseguisse a cura desses males,
mas, de que serve modular a voz
nas festas agradáveis? Os prazeres
225 dos banquetes alegres já contêm
bastantes atrativos em si mesmos.

Sai a AMA *e entra em casa de* MEDEIA.

CORO
Ouvimos muitas queixas soluçantes,
sentidas, lamentos sem fim e gritos
de dor e desespero vindos dela
230 contra o esposo pérfido, traidor
do leito. Golpeada pela injúria,
clama por Têmis, filha de Zeus, deusa
dos juramentos, pois jurando amá-la,
Jáson a trouxe até a costa helênica

235 singrando as ondas negras e transpondo
o estreito acesso ao mar amargo e imenso.

Abre-se a porta. Sai MEDEIA, *que avança em direção ao* CORO,
seguida pela AMA, *ainda em pranto.*

1º EPISÓDIO, Cena 1

[Medeia sai de casa e dirige um discurso ao Coro, no
qual lamenta a triste condição das mulheres que,
submissas aos maridos, sofrem com toda espécie de
maus-tratos. Com isso, conquista-lhe a simpatia e a
promessa de manter segredo sobre seus planos de
vingança contra Jasão, o rei e sua filha. (v. 237-307)]

MEDEIA
Saí para não merecer vossas censuras,
coríntias. Sei muito bem que há pessoas
altivas (umas vi com os meus próprios olhos,
240 de outras ouvi falar) que, por lhes repugnar
aparecer em público, levam a fama
desagradável de soberbas. Com efeito,
carecem de justiça os olhos dos mortais
quando, antes de haver penetrado claramente
245 no íntimo de um coração, sentem repulsa
por quem jamais lhes fez o menor mal, apenas
por se deixarem levar pelas aparências.
Devem também os estrangeiros integrar-se

e não posso aprovar tampouco o cidadão
250 que, por excesso de altivez, ofende os outros
negando-se ao convívio natural com todos.
Mas, quanto a mim, despedaçou-me o coração
o fato inesperado que vem de atingir-me;
estou aniquilada, já perdi de vez
255 o amor à vida; penso apenas em morrer.
O meu marido, que era tudo para mim
— isso eu sei bem demais —, tornou-se um homem péssimo.
Das criaturas todas que têm vida e pensam,
somos nós, as mulheres, as mais sofredoras.
260 De início, temos de comprar por alto preço
o esposo e dar, assim, um dono a nosso corpo
— mal ainda mais doloroso que o primeiro.
Mas o maior dilema é se ele será mau
ou bom, pois é vergonha para nós, mulheres,
265 deixar o esposo (e não podemos rejeitá-lo).
Depois, entrando em novas leis e novos hábitos,
temos de adivinhar para poder saber,
sem termos aprendido em casa, como havemos
de conviver com aquele que partilhará
270 o nosso leito. Se somos bem-sucedidas
em nosso intento e ele aceita a convivência
sem carregar o novo jugo a contragosto,
então nossa existência causa até inveja;
se não, será melhor morrer. Quando um marido
275 se cansa da vida do lar, ele se afasta
para esquecer o tédio de seu coração

e busca amigos ou alguém de sua idade;
nós, todavia, é numa criatura só
que temos de fixar os olhos. Inda dizem
280 que a casa é nossa vida, livre de perigos,
enquanto eles guerreiam. Tola afirmação!
Melhor seria estar três vezes em combates,
com escudo e tudo, que parir uma só vez!
Mas uma só linguagem não é adequada
285 a vós e a mim. Aqui tendes cidadania,
o lar paterno e mais doçuras desta vida,
e a convivência com os amigos. Estou só,
proscrita, vítima de ultrajes de um marido
que, como presa, me arrastou a terra estranha,
290 sem mãe e sem irmãos, sem um parente só
que recebesse a âncora por mim lançada
na ânsia de me proteger da tempestade.
Ah! Vou dizer tudo que espero obter de vós:
se eu descobrir um meio, um modo de fazer
295 com que Jáson pague o resgate de seus males
e sejam castigados quem lhe deu a filha
e aquela que ele desposou, guardai segredo!
Vezes sem número a mulher é temerosa,
covarde para a luta e fraca para as armas;
300 se, todavia, vê lesados os direitos
do leito conjugal, ela se torna, então,
de todas as criaturas a mais sanguinária!

CORIFEU

Eu te obedecerei, Medeia; punirás
o teu marido justamente. Não estranho
305 o pranto que derramas por teu infortúnio.
Mas eis aí Creonte, rei deste país.
Por certo vem falar de novas decisões.

Entra o velho rei CREONTE, *seguido de escolta.*

1º EPISÓDIO, Cena 2

[Creonte chega ao palácio para informar a Medeia que ela e seus
filhos devem partir para o exílio imediatamente, pois teme-se
que ela faça algum mal contra ele ou sua filha. Demonstrando
pleno controle de si e fingindo docilidade, a heroína trata de
persuadir o rei de que, embora insatisfeita com Jasão, nada
tem contra ele, e pede para ficar em Corinto. Diante da recusa
de Creonte, Medeia o convence a lhe dar um dia a mais de
prazo para partir. Creonte deixa a cena. (v. 308-401)]

CREONTE

É a ti, Medeia, esposa em fúria, face lúgubre,
que falo: sai deste lugar para o exílio
310 com teus dois filhos! Sai depressa! Não demores!
Estou aqui para cuidar do cumprimento
de minha decisão, e não retornarei
a meu palácio antes de haver-te afugentado
para terras distantes de nossas fronteiras.

MEDEIA

315　Pobre de mim! Consuma-se a minha desgraça!
　Meus inimigos soltam suas velas todas
　e não diviso um porto em que possa abrigar-me
　para escapar à ruína! Mas, sem ponderar
　em minha desventura, quero perguntar-te:
320　por que razão, Creonte, me banes daqui?

CREONTE

　É inútil alinhar pretextos: é por medo.
　Temo que faças mal sem cura à minha filha.
　Muitas razões se somam para meu temor:
　és hábil e entendida em mais de um malefício
325　e sofres hoje por te veres preterida
　no leito conjugal. Ouço dizer — transmitem-me —
　que vens ameaçando atentar contra a vida
　do pai que prometeu a filha, do marido
　e da segunda esposa. Antes de ser vítima,
330　ponho-me em guarda. Prefiro atrair agora
　o teu rancor a chorar lágrimas amargas,
　mais tarde, sobre minha eventual fraqueza.

MEDEIA

　Não é só hoje, rei Creonte; com frequência
　a minha fama traz-me esses transtornos. Nunca
335　os homens de bom senso deveriam dar
　aos filhos um saber maior que o ordinário.
　Além do nome de ociosos, eles ganham

com isso a inveja iníqua dos concidadãos.
Se aos ignorantes ensinares coisas novas
340 serás chamado não de sábio, mas de inútil.
E se além disso te julgarem superior
àqueles que se creem mais inteligentes,
todos suspeitarão de ti. Minha ciência
atrai de alguns o ódio, a hostilidade de outros.
345 Este saber, porém, não é tão grande assim.
Mas, seja como for, tu me receias. Temes
que eu tenha meios de causar-te sofrimentos.
Não me preocupa agora ameaçar um rei;
não tremas diante de mim, pois que maldade
350 já me fizeste? Não ofereceste a filha
a quem a quis? Odeio o meu esposo, sim;
mas, quanto a ti, creio que procedeste bem;
tua felicidade não me causa inveja.
Casem-se os dois, sejam felizes, mas me deixem
355 viver aqui. Suportarei sem um murmúrio
as injustiças. Os mais fortes me venceram.

CREONTE
Disseste coisas agradáveis aos ouvidos
mas temo que, no fundo da alma, premedites
uma desgraça e minha confiança em ti
360 se torna inda menor. É mais fácil guardar-se
de uma mulher desatinada pela cólera
— tanto quanto de um homem — que da astuta e fria
em seu silêncio. Parte, então, e sem demora.
Não fales; minha decisão é inabalável.

365 Nem com ardis conseguirias prolongar
a tua estada aqui, pois és minha inimiga.

MEDEIA

Ajoelhando-se e abraçando os joelhos de CREONTE, *num gesto de súplica.*

Por teus joelhos e por tua filha, a noiva,
suplico-te: permite-me ficar aqui!

CREONTE
Palavras vãs. Jamais conseguirás dobrar-me!

MEDEIA
370 Banir-me-ias sem ouvir as minhas súplicas?

CREONTE
Eu não te prezo mais que à minha própria casa!

MEDEIA
Ah! Minha pátria! Neste instante a tua imagem
volta ao meu coração com tanta intensidade!...

CREONTE
Só aos meus filhos eu estimo mais que à pátria!

MEDEIA
375 Que mal terrível é o amor para os mortais!...

CREONTE
Tudo depende, penso eu, das circunstâncias.

MEDEIA
Que não te escape, Zeus, o autor de minha ruína!

CREONTE
Parte, insensata, e livra-me deste desgosto!

MEDEIA
Viver é ter desgostos e eles não nos faltam.

CREONTE
Indicando a escolta.

380 Meus homens te farão sair à força e já!

MEDEIA
Ah! Isso não, Creonte! Ouve um pedido meu!

CREONTE
Não me leves a extremos ásperos, mulher!

MEDEIA
Aceito o exílio. É outro o fim de minha súplica.

CREONTE
Por que, então, resistes em vez de partir?

MEDEIA

385 Um dia só! Deixa-me aqui apenas hoje
para que eu pense no lugar de nosso exílio
e nos recursos para sustentar meus filhos,
já que o pai deles não está cuidando disto.
Tem piedade deles! Tu és pai também;

390 é natural que sejas mais benevolente.
Não é por mim (não me inquieta o meu destino);
é por eles que choro e por seu infortúnio.

CREONTE

Minha vontade nada tem de prepotente
e a piedade já me foi funesta antes.

395 Tenho noção agora mesmo de que erro,
mas apesar de tudo serás atendida.
Quero, porém, deixar bem claro de antemão:
se a santa claridade do próximo sol
vos encontrar ainda, a ti e a teus dois filhos,

400 dentro de nosso território, morrerás.
Tudo foi dito e com palavras verdadeiras.

Retira-se CREONTE com sua escolta.

1º EPISÓDIO, Cena 3

[O Coro expressa sua preocupação com o destino da amiga,
condenada a vagar pela terra sem abrigo. Medeia, no entanto,
exulta e, numa longa fala, revela que Creonte pagará caro pelo dia

a mais concedido: ele vai lhe propiciar o tempo necessário para articular sua vingança, que consistirá na morte de seus inimigos por meio de venenos, cuja ciência domina. Resta apenas definir aonde irá após o crime, pois não pode suportar a ideia de vir a ser capturada e tornar-se motivo de escárnio para os coríntios, numa demonstração do senso heroico que a guia. (v. 402-467)]

CORO
Quanta desgraça a tua, infortunada!...
Para que chão dirigirás teus passos?
A quem suplicarás que te receba?
405 Onde acharás um lar, uma cidade
a salvo da desdita? Vais errar
sem esperança nesse mar de angústias
a que foste lançada pelos deuses.

MEDEIA
Dirigindo-se ao CORO.

Meu sofrimento é imenso, incontestavelmente,
410 mas não considereis ainda definida
a sucessão dos acontecimentos próximos.
Pode o futuro reservar lutas difíceis
para os recém-casados e terríveis provas
para quem os levou às núpcias. Estai certas:
415 lisonjeei Creonte para meu proveito
e minhas súplicas foram premeditadas.
Eu nem lhe falaria se não fosse assim,

nem minhas mãos o tocariam, mas tão longe
o leva a insensatez que, embora ele pudesse
420 deter meus planos expulsando-me daqui,
deixou-me ficar mais um dia. E neste dia
serão cadáveres três inimigos meus:
o pai, a filha e seu marido. Vêm-me à mente
vários caminhos para o extermínio deles,
425 mas falta decidir qual tentarei primeiro,
amigas: incendiarei o lar dos noivos,
ou lhes mergulharei no fígado um punhal
bem afiado, entrando a passos silenciosos
na alcova onde está preparado o leito deles?
430 Mas uma dúvida me ocorre e me detém:
se eu for surpreendida traspassando a porta
na tentativa de atingi-los com meus golpes,
rirão de mim, vendo-me morta, os inimigos.
Melhor será seguir diretamente a via
435 que meus conhecimentos tornam mais segura:
vencê-los-ei com meus venenos. Assim seja!
Estarão mortos, mas que povo, que cidade
me acolherão depois? Que bom anfitrião,
abrindo-me seu território para asilo
440 e a casa para abrigo, me defenderá?
Nenhum. Então devemos esperar um pouco.
Quando eu puder contar com um refúgio certo,
consumarei o assassinato usando astúcia
e dissimulação; e quando eu decidir,
445 nada, nenhum obstáculo me deterá,

e de punhal na mão os eliminarei,
inda que tenha de morrer, sem recear
o apelo à força. Não, por minha soberana,
pela deusa mais venerada e que escolhi
450   para ajudar-me — Hecate, que entronei no altar
de minha gente —: nenhum deles há de rir
por ter atormentado assim meu coração!
Quero que se arrependam de seu matrimônio
amargamente, e amargamente se arrependam
455   de sua aliança e de meu iminente exílio.
Vamos, Medeia! Não poupes recurso algum
de teu saber em teus desígnios e artifícios!
Começa a marcha para a tarefa terrível!
Chegou a hora de provar tua coragem!
460   Não vês como te tratam? Não deves pagar
um tributo de escárnio ao himeneu do sangue
de Sísifo com um Jáson qualquer, Medeia,
filha de um nobre pai, tu, da raça do Sol!
Tens a ciência e, afinal, se a natureza
465   fez-nos a nós, mulheres, de todo incapazes
para as boas ações, não há, para a maldade,
artífices mais competentes do que nós!

1º ESTÁSIMO

[O Coro anima-se com a perspectiva de as mulheres virem em breve a ser louvadas e os homens terem reconhecidas suas perfídias, revertendo o discurso misógino que predomina na Grécia. Medeia é tratada como vítima, e Jasão é acusado de transgredir os juramentos sagrados. Apesar da punição violenta que a heroína reserva para seus inimigos, ela ainda conta com o apoio das mulheres coríntias. (v. 468-502)]

CORO

Voltam os sacros rios para as fontes
e com a justiça marcham para trás
470 todas as coisas. Os homens meditam
ardis e a fé jurada pelos deuses
vacila. Muito breve, todavia,
a notoriedade há de falar
outra linguagem e não disporá
475 de elogios bastantes para nós.
Não vejo a hora em que se louvará
o nosso sexo e não mais pesará
sobre as mulheres tão maldosa fama.
Não mais celebrará nossa perfídia
480 a poesia dos bardos eternos.
Febo, o maestro de todos os cantos,
não fez o nosso espírito dotado
para a inspirada música das liras;
se assim não fosse nós entoaríamos

485 um hino contra a raça masculina.
Em sua longa caminhada o tempo
dá o que falar tanto dos homens como
de nós, mulheres. Tu mesma, Medeia,
com o coração ansioso navegaste
490 para bem longe da casa paterna,
além do extremo dos rochedos gêmeos.
Moras agora numa terra estranha,
tomam-te o leito, levam-te o marido
(ah! infeliz!) e expulsam-te vilmente
495 para o exílio. Não existe mais
respeito aos juramentos, e o pudor
desaparece da famosa Hélade,
voando para os céus. E tu (coitada!)
não tens um lar onde possas lançar
500 a âncora, ao abrigo da desgraça.
Outra princesa manda em tua casa
após tornar-se dona de teu leito.

Entra JÁSON.

2º EPISÓDIO

[Jasão procura Medeia para censurá-la por sua animosidade,
responsabilizando-a pelo exílio. Para eximir-se de culpa,
argumenta que tudo que fizera visava ao bem dos seus. Medeia
o acusa de pensar somente em si e de ingratidão, uma vez
que ela o ajudou em muitas de suas conquistas, à custa

mesmo de laços familiares e de hospitalidade. Ele credita a
atitude de Medeia ao ciúme; ela aponta a ambição como motor
das ações dele. Dá-se uma disputa verbal (*agon*, em grego)
entre Medeia e Jasão, em que cada um tenta fazer valer
seu ponto de vista. Ao final, nenhum dos dois é persuadido,
o que evidencia a total impossibilidade de reconciliação
entre eles. Jasão lava as mãos e deixa a cena. (v. 503-726)]

JÁSON
Dirigindo-se a MEDEIA.

Esta não é a vez primeira. Já senti
em várias ocasiões que o ânimo irascível
505   é um mal insuportável. Até poderias
continuar vivendo aqui por toda a vida,
neste país e nesta casa, se aceitasses
submissa as decisões dos mais fortes que tu.
Essas arengas incessantes, todavia,
510   te expulsam desta terra. A mim não me importunas;
tens liberdade para alardear de Jáson
que ele é o pior dos homens, mas depois de ouvirem
teus impropérios contra o rei, é até suave
teu banimento imediato. Eu me esforçava
515   continuadamente para dissipar
a contrariedade do rei irritado
e desejava ver-te ficar onde estás.
Tu, ao invés de refreares a loucura,
injuriavas dia e noite o soberano.

520 Agora expulsam-te por isso da cidade.
Eu, entretanto, mesmo nestas circunstâncias
não renego os amigos. Traz-me aqui, mulher,
meu cuidado com tua sorte; não desejo
ver-te banida sem recursos com teus filhos
525 nem que te falte algo. Bastam as agruras
da triste condição de desterrada. Odeias-me,
mas nem por isso te desejo o menor mal.

MEDEIA
Maior dos cínicos! (É a pior injúria
que minha língua tem para estigmatizar
530 a tua covardia!) Estás aqui, apontas-me,
tu, meu inimigo mortal? Não é bravura,
nem ousadia, olhar de frente os ex-amigos
depois de os reduzir a nada! O vício máximo
dos homens é o cinismo. Mas, pensando bem,
535 é preferível ver-te aqui; abrandarei
meu coração retribuindo teus insultos
e sofrerás ouvindo-me. Começarei
pelo princípio. Eu te salvei (todos os gregos
que embarcaram contigo na *Argó* bem sabem),
540 quando foste enviado para submeter
ao duro jugo o touro de hálito inflamado
e para semear a morte em nossos campos.
Fui eu que, oferecendo-te modos e meios
de matar o dragão, guarda do tosão áureo,
545 imune ao sono, com seus múltiplos anéis,

fiz brilhar para ti a luz da salvação.
Traí meu pai, eu, sim, e traí a família
para levar-te a Iolco (foi maior o amor
que a sensatez); fiz Pelias morrer também,
550 da morte mais cruel, imposta pelas filhas,
e te livrei de todos os receios, Jáson.
Tratado assim por nós, homem mais vil de todos,
tu me traíste e já subiste em leito novo
(e já tinhas teus filhos!). Se ainda estivesses
555 sem descendência, então seria perdoável
que desejasses outro leito. Dissipou-se
a fé nos juramentos teus e não sei mais
se crês que os deuses de outros tempos já não reinam
ou se pensas que no momento há novas leis
560 para os mortais, pois deves ter noção, ao menos,
de tua felonia em relação a mim.
Ah! Esta mão direita e estes meus joelhos
que tantas vezes seguraste! Ah! Foi em vão
que tantas vezes me abraçaste, miserável!
565 Como fui enganada em minhas esperanças!...

Silêncio.

Continuemos; quero fazer-te perguntas
como se fosses meu amigo: francamente,
que posso ainda ter de ti? Não me respondes?
Prosseguirei; minhas perguntas tornarão
570 mais evidente a tua infâmia. Para onde
irão meus passos hoje? Para o lar paterno,

que já traí, como traí a minha pátria,
para seguir-te? Ou para as filhas do rei Pelias?
(Que bela recepção me proporcionariam
575 as infelizes em seu lar, a mim, que um dia
causei a morte de seu pai!) Eis a verdade:
hoje sou inimiga de minha família
e só para agradar-te hostilizei amigos
que deveria ser a última a ferir.
580 Esta é a minha recompensa e, todavia,
eu esperava que, graças ao teu amor,
muitas mulheres gregas teriam inveja
de uma felicidade que devias dar-me.
Revelas-te admirável e fiel esposo
585 da infeliz que sou, em fuga, expulsa assim
daqui, sem um amigo, apenas com meus filhos
repudiados! Que magnífica torpeza
para um recém-casado ver os próprios filhos
partirem sós comigo — com quem te salvou —
590 para levarem vida errante e miserável!
Ah! Zeus! Por que deste às criaturas humanas
recursos para conhecer se o ouro é falso,
e não puseste no corpo dos homens marcas
que nos deixassem distinguir os bons dos maus?

CORIFEU

595 Terrível e difícil de curar é a cólera
que lança amigos contra amigos e os separa!

JÁSON

Se não me engano, é necessário que eu não seja
inábil no falar e, como um nauta alerta,
recolha as minhas velas, para ver se escapo
600 a essa tempestade desencadeada
aqui por tua língua mórbida, mulher.
Com relação a mim (já que exaltaste tanto
os teus serviços), devo atribuir a Cípris,
e a mais ninguém, seja mortal ou seja deus,
605 todo o sucesso em minha expedição. Sem dúvida
o teu espírito é sutil e não admites
sem relutância que o Amor, com suas setas
inevitáveis, fez com que tu me salvasses.
De resto, não pretendo ser muito preciso
610 quanto a esses detalhes e não faço queixas,
quer tenha sido grande a ajuda, quer pequena.
Por minha salvação, porém, já recebeste
como compensação mais do que deste. Explico-me:
primeiro, a terra grega em vez de um país bárbaro
615 passou a ser tua morada. Conheceste
as leis e podes viver segundo a justiça,
liberta do jugo da força. Os gregos todos
respeitam a tua ciência (hoje és famosa,
mas se ainda morasses nos confins da terra
620 quem falaria de teu nome?). Quanto a mim,
eu não desejaria ter grandes riquezas,
nem voz mais bela que a de Orfeu, se essa ventura
não atraísse olhares. Eis o que eu queria

dizer-te acerca dessa propalada ajuda,
625 já que tu mesma provocaste este debate.
Quanto ao meu casamento com a filha do rei,
de que falas tão acremente, provarei
que agindo como agi primeiro fui sensato
e depois hábil e, afinal, fui bom amigo
630 em relação a ti e a meus primeiros filhos.

A um gesto indignado de MEDEIA.

Tem calma! Quando vim de Iolco para cá
envolto em tantas, inelutáveis desgraças,
podia acontecer-me algo de mais feliz
que me casar aqui com a filha do rei,
635 eu, um banido? Não pelos motivos torpes
que te amarguram, não por odiar teu leito
ou por simples desejo de uma nova esposa;
tampouco por ambicionar uma progênie
mais numerosa (já tenho filhos bastantes,
640 não vou queixar-me). Desejava — isto é importante —
assegurar-nos uma vida boa e próspera,
isenta de dificuldades, pois os pobres
veem fugir para bem longe seus amigos.
Ainda mais: criar condignamente os filhos,
645 dar aos gerados em teu ventre mais irmãos,
pô-los todos num mesmo nível de igualdade
e ser feliz vendo a união de minha raça.
Tu, que necessidade tens de novos filhos?
É de meu interesse, todavia, tê-los,

53

650 a fim de assegurar aos filhos atuais
o apoio dos futuros. Crês que estou errado?
Se não te devorasse este ciúme enorme,
nem tu censurarias a minha conduta.
Mas as mulheres são assim; nada lhes falta
655 se o leito conjugal é respeitado; se ele
recebe um dia o menor golpe, então as coisas
melhores e mais belas vos parecem péssimas.
Se se pudesse ter de outra maneira os filhos
não mais seriam necessárias as mulheres
660 e os homens estariam livres dessa praga!

CORIFEU
Tuas palavras foram habilmente ditas,
Jáson, e as enfeitaste bem, mas ousarei
contrariar a tua opinião; direi
que agiste mal abandonando esta mulher.

MEDEIA
665 Sem dúvida sou diferente em muitas coisas
da maioria dos mortais. Assim, entendo
que alguém, se além de mau é hábil no falar,
merece punição ainda mais severa,
pois confiado no poder de seus discursos
670 para ocultar os maus desígnios com palavras
bonitas, não receia praticar o mal.
Mas ele não é tão solerte quanto pensa.
Para também de me impingir tua conversa
cínica e artificiosa. Uma palavra

675 apenas é bastante para confundir-te.
Não fosses tu um traidor e deverias
ter começado por tentar persuadir-me
antes de consumar teu novo casamento,
em vez de ser omisso com a tua amiga.

JÁSON
680 Creio que me terias ajudado muito
em meus projetos para o outro casamento
se alguma vez eu te houvesse falado neles,
tu que, neste momento, nem podes frear
esse rancor terrível de teu coração.

MEDEIA
685 Isso não te preocupava; só pensavas
que o casamento com Medeia — uma estrangeira —
te encaminhava para uma velhice inglória.

JÁSON
Repito: não foi para ter outra mulher
que me esforcei por conquistar um leito régio;
690 foi só, como já disse, para te salvar,
para que os filhos meus fossem irmãos de reis
e para dar à minha casa solidez.

MEDEIA
Não quero uma felicidade tão penosa,
nem opulência que me esmague o coração!

JÁSON

695 Se desejas mudar e parecer sensata,
não penses que a ventura possa ser funesta
nem que a fortuna torne alguém infortunado.

MEDEIA

Insulta-me! Sabes que estás seguro aqui,
mas eu devo partir desprotegida e só.

JÁSON

700 Foi tua a escolha. Não ponhas a culpa em outros.

MEDEIA

Mas como? Então sou eu que caso e que te traio?

JÁSON

Lançaste sobre o rei terríveis maldições.

MEDEIA

Amaldiçoarei também teu novo lar!

JÁSON

Não mais discutirei contigo; se quiseres
705 para ti mesma e nossos filhos no degredo
parte de minhas posses, fala; prontifico-me
a dar-te com mão liberal e a pleitear
de meus amigos cujas terras procurares
boa acolhida para ti. Se recusares

710 a minha oferta, darás prova de loucura.
Põe termo a tanta cólera para teu bem.

MEDEIA
Jamais recorrerei a teus anfitriões,
pois nada quero deles nem nada de ti;
não há proveito nas ofertas de homens maus.

JÁSON
715 Invoco as divindades como testemunhas
do meu desejo de fazer tudo por ti
e pelos filhos. O bem de que sou capaz
te desagrada e tua intransigência afasta
os amigos de ti; sofrerás mais assim.

MEDEIA
720 Vai logo embora! Estás ansioso por rever
a tua nova amante e contas os momentos
desperdiçados longe do palácio dela.
Corre! Vai consumar depressa o casamento,
pois se os deuses me ouvirem tuas reais bodas
725 serão de tal maneira estranhas que nem tu
hás de querer a noiva para tua esposa!

2º ESTÁSIMO

[O Coro mantém a simpatia por Medeia, atribuindo sua infelicidade aos extremos da paixão causada por Afrodite. Ao mesmo tempo, expressa o desejo de não incorrer na paixão desmedida. Também lamenta a vida de exílio a que a heroína está condenada, e censura a traição daqueles que, como Jasão, não honram seus casamentos. (v. 727-756)]

CORO
Amor sem freios não traz aos mortais
honra ou virtude. Quando, porém, Cípris
é comedida, não há divindade
730   mais benfazeja, mais cheia de graça.
Jamais, rainha, teu arco dourado
atire contra nós flechas fatais
molhadas com o veneno do desejo!
Que nos sorria sempre a castidade,
735   a mais preciosa dádiva dos deuses!
Possa Cípris terrível preservar-nos
da fúria da discórdia e das querelas
sem fim, poupando nossas almas puras
do frenesi de uma paixão ignóbil.
740   São venturosas as núpcias pacíficas
e bem-aventuradas as mulheres
cuja fidelidade é incensurável.
Ah! Nossa pátria e lar! Queiram os céus
que nunca nos desterrem nem levemos
745   uma vida penosa na miséria,

de todas as desditas a mais digna
de piedade! Que nos fira a morte
antes de contemplarmos esse dia,
pois vemos — não contamos por ouvir
750 de estranhos — que tu não tiveste pátria
nem um amigo para comover-se
com o cruel destino que te esmaga!
Morra o ingrato que não foi capaz
de honrar, como devia, a sua amiga
755 e não lhe abriu os mais puros recônditos
da alma! Não queremos tais amigos!

Entra EGEU vestido de peregrino.

3º EPISÓDIO, Cena 1

[Egeu, de passagem por Corinto, encontra-se com Medeia.
Vinha de Delfos, onde fora saber de Apolo como fazer para
ter filhos, pois, apesar de casado, ainda não os tivera. Medeia
vê no encontro a oportunidade para garantir acolhida
depois de executada sua vingança. Assim, promete ao rei
que, caso a receba em Atenas em seu exílio, garantirá sua
descendência por meio do conhecimento que detém das
drogas. Ele jura fazê-lo e retoma a viagem. (v. 757-869)]

EGEU
Salve, Medeia, pois este é o melhor início
para os encontros entre amigos como nós!

MEDEIA

Salve, filho do sábio Pandíon, Egeu!
De onde vieste para visitar-me aqui?

EGEU

Venho do antigo templo dedicado a Apolo.

MEDEIA

Qual a razão de tua ida ao santuário
onde o deus profetiza no centro do mundo?

EGEU

Para saber de Apolo como procriar.

MEDEIA

Desejas tanto um filho e vives sem o ter?

EGEU

Vivo sem filhos pela vontade dos deuses.

MEDEIA

Já tens esposa, ou inda não te casaste?

EGEU

Não me furtei ao jugo das núpcias normais.

MEDEIA

Que disse Apolo à tua súplica por filhos?

EGEU

770 Falou alto demais para a razão humana.

MEDEIA

Posso saber qual foi a réplica do deus?

EGEU

Podes e deves; tua mente é penetrante.

MEDEIA

Qual é, então, o oráculo? Dize que eu ouço.

EGEU

Ele não quer que eu solte o pé que sai do saco...

MEDEIA

775 Antes de ir aonde, ou de fazer o quê?

EGEU

...antes de retornar à terra de meus pais.

MEDEIA

Que desígnios te obrigam a voltar, Egeu?

EGEU

Lá mora o rei Piteu, que manda nos trezênios...

MEDEIA

Filho de Pêlops e muito devoto — dizem.

EGEU

780 ...a quem devo dizer o oráculo do deus.

MEDEIA

Ele é um sábio e entendido neste assunto.

EGEU

E para mim é o aliado mais querido.

MEDEIA

Com voz sumida.

Vai, sê feliz, então, e tenhas o que almejas!...

EGEU

Observando melhor MEDEIA.

Por que este olhar triste, esta expressão sofrida?

MEDEIA

785 O meu marido, Egeu, é o pior dos homens...

EGEU

Como? Conta-me tuas penas com detalhes!

MEDEIA

Jáson me ultraja sem que eu tenha culpa alguma.

EGEU

Explica-te com mais clareza: que fez Jáson?

MEDEIA

Outra mulher agora é dona de seu lar.

EGEU

790 Ele jamais seria tão indigno e mau!

MEDEIA

Pois foi; despreza-me depois de haver-me amado.

EGEU

Foi por ter outro amor, ou por ódio a teu leito?

MEDEIA

Um novo amor o faz trair a amiga de antes.

EGEU

Deixa-o, então, se é tão perverso quanto dizes.

MEDEIA

795 Casando-se com outra ele se alia a um rei.

EGEU

E quem lhe dá a filha? Dize logo tudo!

MEDEIA

Creonte, o soberano daqui de Corinto.

EGEU

Então a tua dor é natural, Medeia.

MEDEIA

Estou perdida; fui expulsa desta terra...

EGEU

800 Por quem? Falas agora de nova desgraça.

MEDEIA

Creonte me degrada e bane-me daqui.

EGEU

Isto é insuportável! E Jáson consente?

MEDEIA

Não em palavras, mas seus desejos o vencem.
Por isso tudo te conjuro, por teu queixo,
805 por teus joelhos, pelos direitos sagrados
dos suplicantes! Compadece-te de mim,
tem piedade de meu imenso infortúnio!
Não me deixes viver no exílio, abandonada!
Dá-me acolhida em teu país, em tua casa!
810 Em retribuição deem-te os deuses filhos,
como desejas, para que morras feliz.

Não imaginas quão afortunado foste
em vir ao meu encontro aqui; graças a mim
não ficarás sem filhos, logo serás pai;
815 conheço filtros com essa virtude mágica.

EGEU
Muitas razões, mulher, levam-me a conceder-te
a graça que me pedes; inicialmente,
o respeito devido aos deuses, e depois
vem a esperança dos filhos que me prometes
820 (voltam-se para esse desejo há muito tempo
meus pensamentos). Eis minha resolução:
vem para o meu país; lá eu me empenharei
em dar-te, como devo, a melhor acolhida.
Quero dizer-te apenas uma coisa mais:
825 não penso em tirar-te daqui eu mesmo, agora,
mas se te dirigires por tua vontade
à minha casa, nela encontrarás asilo
inviolável; a ninguém te entregarei.
Levem-te de Corinto, então, teus próprios passos,
830 para que não me acusem meus anfitriões.

MEDEIA
Assim será, mas eu teria mais certeza
se decidisses empenhar tua palavra.

EGEU
Não confias em mim? Ou algo te inquieta?

MEDEIA

Confio, mas me são hostis os descendentes
835 de Pelias e da família de Creonte.
Se pretendessem arrancar-me de teu lar
— de meu asilo —, tu, preso por juramento,
não deixarias que me tirassem de lá.
Se, todavia, houver apenas entre nós
840 simples palavras, sem um juramento aos deuses,
será que não conseguirão persuadir-te
e levar-te a ceder à voz de seus arautos?
Sou fraca, enquanto eles são ricos e são reis.

EGEU

Usas uma linguagem cheia de prudência.
845 Se preferes assim eu não me esquivarei
a teu pedido. Ele me dá inda mais força
para antepor às injunções dos inimigos
a palavra jurada; tua proteção
será maior. Que deuses queres que eu invoque?

MEDEIA

850 Jura pela face da terra e pelo Sol,
pai de meu pai, e pelas divindades todas.

EGEU

Que vou fazer ou deixar de fazer? Conclui!

MEDEIA

Jura que nunca, em tempo algum, me expulsarás

de tua terra e se qualquer de meus algozes
855 quiser, com violência, tirar-me de lá,
jamais consentirás enquanto fores vivo.

EGEU
Juro pela face da terra, pela luz
claríssima do sol e por todos os deuses
fazer intransigentemente o que me dizes.

MEDEIA
860 Isto é bastante para mim. Mas, se faltares
ao juramento, em que penas incorrerás?

EGEU
Nas reservadas aos mais ímpios dos mortais.

MEDEIA
Parte feliz, então; tudo irá bem agora.
E quanto a mim, dentro de muito pouco tempo
865 irei para tua cidade, após haver
realizado meus desígnios e desejos.

CORO
Dirigindo-se a EGEU, *que se retira com sua escolta.*

Vai com Hermes, o deus filho de Maia!
Que teus desejos sejam exalçados,
Egeu, pois te mostraste generoso!

3º EPISÓDIO, Cena 2

[Medeia exulta, pois, tendo garantido abrigo e proteção, pode
pôr em marcha seu plano. Numa espécie de segundo prólogo,
revela ao Coro que enganará Jasão, fingindo arrependimento
e submissão, para ele interceder pelos filhos junto à princesa.
Para isso, ela os fará portadores de presentes para a noiva, que,
envenenados, custarão a vida de sua adversária e, possivelmente,
por atraírem a fúria de Creonte, a de seus próprios filhos.
Deixando Jasão sem descendentes, ela então escapará para
Atenas. Assim provará sua verve heroica, tratando os inimigos
de forma implacável. Pela primeira vez a Corifeu desaprova
os planos da heroína e pede-lhe que desista do infanticídio,
mas Medeia insiste e manda chamar Jasão. (v. 870-943)]

MEDEIA

870   Zeus! Justiça de Zeus! Cintilação do sol!
     Agora, amigas minhas, poderei vencer
     todos os inimigos gloriosamente!
     Tenho esperanças, hoje que a marcha começa,
     de ver caírem, justamente castigados,
875   meus adversários, pois no auge da tormenta
     em que me debatia apareceu esse homem,
     porto seguro onde, depois de realizar
     os meus desígnios, irei amarrar as cordas
     quando chegar lá em Atenas gloriosa.

Dirigindo-se à CORIFEU.

880 Agora vou contar-te todos os meus planos
(minhas palavras não serão para agradar).
Enviarei a Jáson um de meus criados
para pedir-lhe que venha encontrar-me aqui.
Quando chegar, falar-lhe-ei suavemente;
885 direi que suas decisões são acertadas
e concordo com elas; ele me abandona
para casar-se com a filha do rei; faz bem,
pois isso corresponde aos interesses dele.
Mas pedirei que deixe meus filhos aqui,
890 não que eu queira largá-los numa terra hostil
nem os expor à sanha de quem os odeia,
mas a fim de aprontar para a filha do rei,
por intermédio deles, a armadilha atroz
em que ela morrerá levando o pai à morte.
895 Mandá-los-ei a ela com presentes meus
para a nova mulher, a fim de que ela evite
o exílio deles: um véu dos mais finos fios
e um diadema de ouro. Se ela receber
os ornamentos e com eles enfeitar-se,
900 perecerá em meio às dores mais cruéis
e quem mais a tocar há de morrer com ela,
tão forte é o veneno posto nos presentes.

Com uma expressão de horror.

Mas mudo aqui meu modo de falar, pois tremo
só de pensar em algo que farei depois:
905 devo matar minhas crianças e ninguém

pode livrá-las desse fim. E quando houver
aniquilado aqui os dois filhos de Jáson,
irei embora, fugirei, eu, assassina
de meus muito queridos filhos, sob o peso
910 do mais cruel dos feitos. Não permitirei,
amigas, que riam de mim os inimigos!
Terá de ser assim. De que vale viver?
Já não existem pátria para mim, meu lar,
nenhum refúgio nesta minha desventura.
915 Fui insensata quando outrora abandonei
o lar paterno, seduzida pela fala
desse grego que, se me ajudarem os deuses,
me pagará justa reparação em breve.
Jamais voltará ele a ver vivos os filhos
920 que me fez conceber, e nunca terá outros
de sua nova esposa que — ah! miserável! —
deverá perecer indescritivelmente
graças aos meus venenos! Que ninguém me julgue
covarde, débil, indecisa, mas perceba
925 que pode haver diversidade no caráter:
terrível para os inimigos e benévola
para os amigos. Isso dá mais glória à vida.

CORIFEU
Já que nos fazes estas confidências, quero,
ao mesmo tempo, dar-te um conselho profícuo
930 e tomar a defesa das humanas leis:
desiste de levar avante esses teus planos!

MEDEIA

Não pode ser de outra maneira, mas entendo
teu modo de falar, pois não estás sofrendo
o tratamento desumano que me dão.

CORIFEU

935 Ousarás mesmo exterminar teus próprios filhos?

MEDEIA

Matando-os, firo mais o coração do pai.

CORIFEU

E tornas-te a mulher mais infeliz de todas.

MEDEIA

Terá de ser assim. Deste momento em diante
quaisquer palavras passarão a ser supérfluas.

Dirigindo-se à AMA, *que permanecia perto.*

940 Vai, traze Jáson para cá; recorro a ti
quando a missão requer pessoa confiável.
Não fales a ninguém de minhas decisões
se queres bem à tua dona e se és mulher.

Sai a AMA.

3º ESTÁSIMO

[O Coro, horrorizado, suplica a Medeia que abandone a ideia
de matar os filhos, ponderando que um ato tão monstruoso
poderia lhe custar o asilo em Atenas, cidade agraciada pelos
deuses e pelas artes. Conclui apostando que ela recuará
de sua decisão diante da súplica dos filhos. (v. 944-976)]

CORO
Os Erecteidas sempre foram prósperos,
945 filhos dos deuses bem-aventurados;
numa terra sagrada e até hoje invicta
eles se nutrem da sapiência excelsa,
haurindo o ar puro e transparente, em marcha
airosa lá onde a loura Harmonia,
950 segundo muitos dizem, deu à luz
as santas Pierides — nove Musas.
Contam, também, que Cípris aspirou
nas ondas do Céfiso alegre o hálito
fresco e dulcíssimo que ainda paira
955 por lá, quando, encantada, colhe as rosas
mais perfumadas para coroar
seus cabelos formosos, com os Amores,
convivas da Sapiência, auxiliares
de todas as virtudes. Como, então,
960 a cidade dos rios consagrados,
a terra acolhedora dos amigos,
iria receber-te, a ti, a má,
a infanticida? Não pensas nos golpes

que decidiste desfechar nos filhos,
965 no morticínio que vais perpetrar?
Não, pelos teus joelhos, todas nós
te suplicamos com todas as forças:
não os abatas! Onde em tua alma,
onde em teus braços buscarás coragem
970 para assestar ao coração dos filhos
os golpes de uma audácia inominável?
Como, volvendo o olhar para teus filhos,
serás, sem lágrimas, sua assassina?
Não poderás, diante de teus filhos
975 prostrados, suplicantes, mergulhar
em sangue tuas implacáveis mãos!

Entra JÁSON, *seguido pela* AMA.

4º EPISÓDIO

[Medeia finge-se arrependida das duras palavras que antes
dirigira a Jasão e pede-lhe perdão, supostamente por reconhecer
que ele agira com sensatez em prol de um futuro melhor para os
filhos. Diz-se disposta a partir para o exílio, como determinou
Creonte, mas suplica ao ex-marido que garanta a permanência
das crianças em Corinto. Como prova de boa vontade, pede aos
filhos que entreguem pessoalmente presentes valiosos para
a princesa, de modo a conquistar-lhe o favor. Satisfeito e sem
desconfiar da súbita mudança de opinião de Medeia, Jasão
parte com os filhos para o palácio de Creonte. (v. 977-1107)]

JÁSON

Estou aqui em atenção a teu chamado;
não pude ficar insensível ao apelo,
mesmo sabendo de teu ódio contra mim,
980 e venho ouvir, Medeia, teu novo pedido.

MEDEIA

Imploro, Jáson! Peço-te perdão por tudo
que já te disse; deves ser compreensivo
em meus momentos de exasperação, depois
das provas incontáveis de paixão recíproca!
985 Eu mesma ponderei e até me censurei:
"Por que tamanha insensatez e hostilidade
contra decisões razoáveis, infeliz?
Por que tratar como inimigos os senhores
deste lugar e um marido que age de acordo
990 com nossos interesses ao casar agora
com uma princesa para dar novos irmãos
aos filhos meus? Não renunciarei, então,
ao meu rancor? Que sentimentos serão esses
quando os bons deuses encaminham bem as coisas?
995 Não tenho filhos? Já não fui banida antes
de outras paragens, de onde vim sem um amigo?"
Essas ponderações me fizeram sentir
toda a minha imprudência e toda a desrazão
de meu ressentimento. Agora estou de acordo
1000 com teu procedimento e julgo-te sensato
por teres desejado uma aliança nova

e chamo-me demente, pois eu deveria
ter-me aliado a ti em tuas pretensões
e te ajudar a realizá-las, e ficar
1005 junto ao leito da noiva e sentir o prazer
de dispensar-lhe mil cuidados. Afinal,
nós, as mulheres, somos todas o que somos
e não falarei mal de nós. Não deverias,
pois, imitar-me nas injúrias nem, tampouco,
1010 opor frivolidades a frivolidades.
Rendo-me à evidência agora e reconheço
que antes pensava erradamente, mas tomei
há pouco uma resolução mais acertada.

Voltando-se em direção à casa.

Filhos! Meus filhos! Vinde ao meu encontro aqui!

Os filhos aparecem, seguidos pelo PRECEPTOR.

1015 Vinde saudar o vosso pai e dirigir-lhe,
como vossa mãe, umas palavras; esquecei,
comigo, o ódio em relação aos bons amigos.
Vamos fazer as pazes, ceda nossa cólera.
Tomai em vossas mãos a mão direita dele!

À parte, enquanto os filhos seguram a mão de JÁSON.

1020 Ah! Penso agora numa desgraça latente!
Por quanto tempo ainda estendereis, meus filhos,
vossos braços queridos?

Voltando ao normal.

Ah! Pobre de mim!
Com que facilidade eu choro e sou vencida
1025 pelo temor! Na ocasião em que se acabam
minhas altercações com vosso pai, meus olhos
enchem-se de sentidas, incontáveis lágrimas!

CORIFEU
Os meus, também, não podem resistir ao pranto.
Que não resulte mal maior dos males de hoje!

JÁSON
1030 Agradam-me, mulher, essas tuas palavras,
e não censuro as que disseste no passado.
Sempre as mulheres voltam-se contra os maridos
quando eles optam por um novo casamento.
Teu coração, porém, mudou para melhor;
1035 o tempo te fez afinal reconhecer
qual a vontade que deve preponderar.
Agem dessa maneira as mulheres sensatas.

Voltando-se para os filhos.

Não descuidou de vós o vosso pai, meus filhos;
ele vos dá, com o beneplácito dos deuses,
1040 um bom futuro. Creio que aqui em Corinto
um dia atingireis as posições mais altas
em companhia dos outros irmãos. Crescei,

então; o resto cabe ao vosso pai e aos deuses,
dos quais espero a graça de vos ver chegar
1045 à juventude exuberantes de vigor,
em tudo mais capazes que meus inimigos.

Dirigindo-se a MEDEIA, *que chorava.*

Mas, por que banham os teus olhos tantas lágrimas?
Por que procuras esconder teu rosto pálido?
Minhas palavras não te deixam satisfeita?

MEDEIA
1050 Nada... Pensava apenas em nossas crianças...

JÁSON
Então fica tranquila; estou cuidando delas.

MEDEIA
Quero ficar; não devo duvidar de ti
mas a mulher é fraca e chora facilmente.

JÁSON
Basta, pois, de lamentações sobre teus filhos.

MEDEIA
1055 Fui eu quem os gerou; quando fazia votos
para que a vida lhes sorrisse, perguntava-me,
entristecida, se seria assim. Voltemos
às coisas que eu queria expor-te; algumas delas

já foram ditas; falarei do resto agora.
1060 Agrada ao rei ver-me afastada desta terra;
compreendo tudo muito bem e eu mesma julgo
que minha vida não deve ser empecilho
nem para ti nem para o rei, pois consideram-me
hostil à casa dele. Então eu partirei
1065 para o exílio, mas consegue de Creonte
que nossos filhos não sejam também banidos,
para que tuas mãos de pai os encaminhem.

JÁSON
Não sei se vou persuadi-lo; tentarei.

MEDEIA
Quem sabe se tua nova mulher não pode
1070 obter do pai que deixe as crianças aqui?

JÁSON
Bem dito; acho possível convencê-la disso.

MEDEIA
Sim, se ela for igual às outras. Aliás,
também posso ajudar-te nessa tentativa.
Mandar-lhe-ei presentes muito mais formosos
1075 que os conhecidos nesta terra (muito mais!):
um véu diáfano e um diadema de ouro,
que lhe serão entregues por nossas crianças.

Falando em direção à casa.

Trazei-me sem demora, servas, os presentes!

Falando a JÁSON.

Ela não há de ter somente uma ventura;
1080 serão inúmeras, por encontrar em ti,
para levá-la ao leito, um esposo perfeito,
e por tornar-se dona de belos adornos
que o Sol, pai de meu pai, deu a seus descendentes.

*Uma criada traz da casa o véu e o diadema, que MEDEIA entrega
aos filhos.*

Tomai estes presentes nupciais, meus filhos,
1085 em vossas mãos; levai-os à própria princesa;
é uma oferenda minha à venturosa esposa.
Não são regalos desprezíveis que ela ganha.

JÁSON
Por que vais desfazer-te destes bens preciosos?
Perdeste o senso? Pensas que a casa real
1090 carece de ouro? Guarda-os! Não te prives deles!
Se nos dispensa essa mulher algum apreço,
o meu pedido a moverá mais que riquezas.

MEDEIA
Não fales deste modo. Dizem que os presentes
dobram até as divindades e que o ouro

1095 tem mais poder para os mortais que mil pedidos.
Pende o destino para o lado dela, um deus
a favorece agora e lhe dá boa sorte.
Ela é mais jovem, reinará. Para salvar
meus filhos do desterro eu lhe daria a vida,
1100 além do ouro. Ide, filhos, ide logo
até o palácio e suplicai à nova esposa
de vosso pai, minha senhora; implorai dela
que não consinta em vosso exílio, oferecendo-lhe
estes adornos. É importante que ela pegue
1105 com as próprias mãos estes presentes valiosos.

Os filhos se afastam com JÁSON e O PRECEPTOR.

Ide depressa, filhos, e trazei notícias
de que vossa mãe teve o sucesso esperado.

4º ESTÁSIMO

[O Coro lamenta a morte iminente da princesa e das crianças, motivada pela traição de Jasão contra o leito conjugal e por sua incapacidade de perceber o que se passa. Apesar de discordar dos planos de Medeia, o Coro ainda nutre piedade por ela, reconhecendo que a morte dos filhos atingirá também a mãe. (v. 1108-1132)]

CORO
Não temos esperanças quanto à vida
dessas crianças; elas se encaminham

1110 agora para a morte. A nova esposa,
a infeliz, receberá — coitada! —
a perdição dourada; em toda a volta
de seus cabelos louros já vai pôr,
com suas próprias mãos, aquele adorno
1115 que a levará à morte. O encanto dele
e o brilho eterno a induzirão depressa
a usar o véu e o áureo diadema,
presentes dessas núpcias infernais.
Eis a armadilha, a sentença de morte
1120 em que irá emaranhar-se a moça;
ela não pode fugir ao destino.
E tu, funesto e desgraçado esposo,
que te aliaste a nossos reis, preparas
inadvertidamente a destruição
1125 de teus filhos sem sorte e a morte horrível
de tua nova esposa! Até que ponto
te enganas, infeliz, quanto a teu fado!
Choramos por teu sofrimento enorme,
desventurada mãe dessas crianças,
1130 pois vais matá-las por causa do amor
que teu esposo perjuro traiu
só para conquistar outra mulher!

O PRECEPTOR *reaparece com as crianças.*

5º EPISÓDIO

[O Preceptor retorna com as crianças anunciando o sucesso da empreitada: a princesa aceitou os presentes e concordou com a permanência dos filhos de Jasão em Corinto. Surpreendentemente, Medeia lamenta esse desfecho, que sela também o destino dos meninos. O Preceptor entra na casa acreditando que sua senhora angustia-se com a partida iminente de Corinto. Medeia passa a se despedir dos filhos com palavras ambíguas, que, aos olhos do Coro e dos espectadores, apontam para a morte próxima. Nesse famoso monólogo, a heroína mostra-se dilacerada, hesitante quanto à decisão a tomar: deve poupar a vida dos filhos e fugir com eles de Corinto ou matá-los para punir o pai e evitar a zombaria dos inimigos? A veia heroica fala mais alto e decide-se por matá-los ela própria, para que não venham a perecer pelas mãos de outros. Mais uma vez manda chamar as crianças, para a derradeira despedida. A decisão está tomada. (v. 1133-1230)]

PRECEPTOR
Dirigindo-se a MEDEIA.

Aqui estão teus filhos, salvos do desterro.
A jovem recebeu pronta e alegremente
1135 os teus presentes das mãos deles. Fez-se a paz
com as crianças lá. Mas, por que estás aflita?
Por que demonstras nas feições tanto transtorno
quando afinal a sorte está a teu favor?
Por que procuras ocultar o rosto assim
1140 e acolhes constrangida a minha informação?

MEDEIA

Ai! Ai de mim!

PRECEPTOR

Isto é incompatível com minhas palavras.

MEDEIA

Ai! Ai de mim!

PRECEPTOR

Teria eu, sem perceber, anunciado
1145 uma desgraça? Então me equivoquei pensando
que te trazia uma mensagem agradável?

MEDEIA

Disseste o que disseste; não te recrimino.

PRECEPTOR

Por que esses olhos cerrados, essas lágrimas?

MEDEIA

É natural, e muito, ancião. Já se consumam
1150 as intenções divinas e as maquinações
de minha mente e seus terríveis pensamentos.

PRECEPTOR

Anima-te! Trazida por teus próprios filhos,
reaparecerás um dia em Corinto.

MEDEIA

Antes farei com que desapareçam outros
1155 nas profundezas desta terra! Ai de mim!

PRECEPTOR

Não és a única, porém, que é separada
dos filhos. Nós, mortais, devemos enfrentar
com naturalidade os golpes do destino.

MEDEIA

Procederei assim. Retorna à minha casa
1160 e cuida das crianças como de costume.

Sai o PRECEPTOR. *Os filhos continuam em cena.*

Queridos filhos meus! Agora vos espera
para meu desespero um mundo diferente,
outra morada onde estareis eternamente
sem vossa mãe! E me fazem partir, banida
1165 para uma terra estranha, sem haver podido
colher as muitas alegrias que esperava
de vós, antes de ver vossa felicidade,
antes de vos haver levado ao matrimônio,
de haver composto vosso leito nupcial
1170 e de acender as tochas rituais nas bodas!...
Ah! Infeliz de mim! Que presunção a minha!
Criei-vos, filhos meus, em vão, sofri em vão
por vós, dilacerada nas dores atrozes
do parto! Ah! Devo confessar — infortunada! —

1175 que já depositei em vós muita esperança:
que vós sustentaríeis a minha velhice
e, quando eu falecesse, vossas mãos piedosas
me enterrariam (todas desejamos isso).
Mas desvanecem-se esses doces pensamentos!
1180 Arrancada de vós, terei de suportar
uma existência de amargura e sofrimentos.
E nunca, nunca mais, vossos olhos queridos
poderão ver-me! (Partirei para outra vida...)
Ai de mim! Ai de mim! Por que voltais os olhos
1185 tão expressivamente para mim, meus filhos?
Por que estais sorrindo para mim agora
com este derradeiro olhar? Ai! Que farei?
Sinto faltar-me o ânimo, mulheres, vendo
a face radiante deles... Não! Não posso!
1190 Adeus, meus desígnios de há pouco! Levarei
meus filhos para fora do país comigo.
Será que apenas para amargurar o pai
vou desgraçá-los, duplicando a minha dor?
Isso não vou fazer! Adeus, meus planos... Não!
1195 Mas, que sentimentos são estes? Vou tornar-me
alvo de escárnio, deixando meus inimigos
impunes? Não! Tenho de ousar! A covardia
abre-me a alma a pensamentos vacilantes.
Ide para dentro de casa, filhos meus!

Saem os filhos.

1200 Quem não quiser presenciar o sacrifício,

mova-se! As minhas mãos terão bastante força!
Ai! Ai! Nunca, meu coração! Não faças isso!
Deves deixá-los, infeliz! Poupa as crianças!
Mesmo distantes serão a tua alegria.

1205 Não, pelos deuses da vingança nos infernos!
Jamais dirão de mim que eu entreguei meus filhos
à sanha de inimigos! Seja como for,
perecerão! Ora: se a morte é inevitável,
eu mesma, que lhes dei a vida, os matarei!

1210 De qualquer modo isso terá de consumar-se.
Não vejo alternativas. Deve estar morrendo
a princesinha, com o diadema na cabeça,
envolvida no véu (quanta certeza eu tenho!).
Portanto, já que deverei seguir a via

1215 do supremo infortúnio e fazê-los trilhar
caminho ainda mais desesperado, agora
devo chamar meus filhos para a despedida.

*MEDEIA acena em direção à casa
e os filhos são trazidos de volta à cena.*

Vinde, meus filhos, e estendei a mão direita
para que vossa mãe inda possa estreitá-la.

MEDEIA abraça e beija os filhos.

1220 Ah! Muito amadas mãos! Ah! Lábios muito amados!
Ah! Porte e rostos muito altivos de meus filhos!
Sede felizes, ambos, mas noutro lugar,
pois vosso pai vos privou da ventura aqui.

Ah! Doce abraço e tão aveludados rostos
1225 e hálito suave de meus filhos! Ide!

MEDEIA *afasta dela os filhos e os faz voltarem para casa.*

Faltam-me forças para contemplar meus filhos.
Sucumbo à minha desventura. Sim, lamento
o crime que vou praticar, porém maior
do que minha vontade é o poder do ódio,
1230 causa de enormes males para nós, mortais!

5º ESTÁSIMO

[O Coro faz aqui observações de caráter geral sobre as
expectativas dos pais em relação aos filhos, as dificuldades
envolvidas em sua criação, as incertezas que cercam seu futuro e
as preocupações incessantes que suscitam. Assim, os que não têm
filhos parecem-lhe mais felizes que os que são pai ou mãe. Essa
reflexão antecipa o sofrimento tanto de Jasão e Medeia quanto
o de Creonte, todos prestes a perder seus filhos. (v. 1231-1263)]

CORO
Vezes inúmeras nos entregamos
a muitas e sutis divagações
ao meditar sobre temas mais altos
do que às mulheres é normal versar.
1235 Nós também cultuamos nossa Musa,
que nos infunde sua sapiência

(a todas, não; a poucas entre muitas
que se mostram fiéis à devoção).
Apregoamos que os mortais alheios
1240 ao casamento e à procriação
desfrutam de maior felicidade
que os pais e mães. Ignoram os sem filhos
se a prole só lhes traria alegrias
ou também dores; sua inexistência
1245 lhes poupa mágoas e incontáveis males.
Mas sofrem de cuidados infindáveis
aqueles cujos lares as crianças
adornam numa doce floração;
querem criar os filhos bem, deixar-lhes
1250 meios de subsistência, mas não sabem
se apesar dos cuidados hão de ser
bons ou perversos. Também falaremos
do último dos males e incertezas:
ainda que tenham amontoado
1255 bastantes bens e que seus filhos cheguem
à juventude e tenham boa índole,
se for vontade do destino a morte
os rouba logo e leva deste mundo.
Que benefício advém, então, aos homens
1260 se para ter a descendência arriscam-se
a receber, mandado pelos deuses
além de tantos outros sofrimentos,
esse castigo mais cruel de todos?

6º EPISÓDIO

[Um mensageiro traz a notícia da morte de Creonte e sua
filha e aconselha Medeia a fugir o mais rápido possível.
Ela, no entanto, exulta e pede-lhe que narre em detalhe as
circunstâncias das mortes. Findo o relato, a Corifeu reconhece
que Jasão foi justamente castigado, mas apieda-se de Medeia,
cuja vida lhe parece por um fio. A heroína redobra sua intenção
de matar as crianças e, em meio a lamentos e autoexortação,
entra em casa para cumprir a penosa tarefa. (v. 1264-1428)]

MEDEIA
Estou na expectativa de acontecimentos
1265   há muito tempo, amigas, só imaginando
o que pode haver ocorrido no palácio.
Agora vejo um dos servidores de Jáson
chegar correndo aqui; sua respiração
entrecortada mostra que nos vem trazer
1270   notícias de alguma desgraça singular.

Entra precipitadamente o MENSAGEIRO.

MENSAGEIRO
Tu que, violentando as leis, premeditaste
e praticaste um crime horripilante, foge!
Foge, Medeia, seja por que meios for
ou por que via, mar ou terra, nave ou carro!

MEDEIA

1275 Por que devo fugir? Que houve? Dize logo!

MENSAGEIRO

Morreram nosso rei Creonte e sua filha,
faz pouco tempo, vítimas de teus venenos.

MEDEIA

Tuas palavras não podiam ser mais belas.
De agora em diante és meu amigo e benfeitor.

MENSAGEIRO

1280 Como, Medeia? Teu juízo está perfeito,
ou estás louca? Logo após exterminar
a família real demonstras alegria
em vez de estremecer ouvindo esta notícia?

MEDEIA

Tenho palavras para responder-te, amigo,
1285 mas não te precipites; fala tu agora.
Conta! Como morreram eles? Meu prazer
será dobrado se eu ouvir que pereceram
atormentados pelas dores mais terríveis!

MENSAGEIRO

Quando teus filhos — tua dupla descendência —
1290 chegaram com o pai deles e foram levados
ao palácio real, sentimo-nos felizes,

nós, os criados, que sofríamos por ti;
e de um ouvido a outro foi-se repetindo
que chegara a bom termo o desentendimento
1295 havido entre Jáson e ti. Alguns beijavam
as mãos, beijavam outros as louras cabeças
dos filhos teus; eu mesmo, cheio de alegria,
segui com as crianças para os aposentos
onde ficavam as mulheres. A senhora
1300 que reverenciávamos em teu lugar
antes de ver teus filhos dirigiu a Jáson
um olhar cheio de ternura, mas depois
cobriu com véus os olhos e quis desviar
o rosto pálido, pois a presença deles
1305 causava-lhe aversão. Tentava o teu esposo
atenuar a cólera e o desagrado
da jovem, ponderando: "Não será possível
suavizar esta aparência contrafeita
ao encontrar amigos? Trata de acalmar
1310 o teu ressentimento e vira novamente
o rosto para eles. Considera teus
os meus próprios amigos. Olha bem e aceita
estes presentes deles e pede a teu pai
que em consideração a mim dê às crianças
1315 o generoso asilo." À vista dos adornos
ela não resistiu e logo concordou
com seu marido. Sem esperar que teus filhos
e que o pai deles chegassem mais perto, a moça .
quis apanhar depressa o véu de muitas cores,

1320 ansiosa por usá-lo. Em frente a um espelho
vestiu o véu, e com o diadema de ouro
já na cabeça ela compunha o penteado,
sorrindo à sua própria imagem refletida.
Depois, erguendo-se do suntuoso assento,

1325 movimentou-se, pousando no chão com graça
os pés de radiosa alvura, deslumbrada
com teus presentes, observando muitas vezes
o véu que lhe descia até os calcanhares
e se ajeitando. Mas, quase no mesmo instante,

1330 um espetáculo terrível se mostrou
aos nossos olhos: sua cor mudou e o corpo
dobrou-se; ela oscilou e seus formosos membros
tremiam, e só teve tempo de voltar
até o assento para não cair no chão.

1335 Uma velha criada, pensando tratar-se
de algum mal súbito mandado pelos deuses,
pôs-se a fazer invocações em altos brados,
até que da boca da jovem escorreu
esbranquiçada espuma e as pupilas dela

1340 puseram-se a girar e o sangue lhe fugiu
da pele; então, em vez de invocações ouviram-se
soluços fortes. Uma de suas criadas
correu em direção ao quarto do pai dela;
outra precipitou-se à procura de Jáson

1345 para contar-lhe o que ocorrera à nova esposa.
E no palácio todo apenas escutavam-se
passos precipitados. Pouco tempo após,

a infortunada moça abriu os belos olhos
e recobrando a voz gemeu horrivelmente.
1350 Exterminava-a dupla calamidade:
do diadema de ouro em seus lindos cabelos
saía uma torrente sobrenatural
de chamas assassinas; o véu envolvente
— presente de teus filhos — consumia, ávido,
1355 as carnes alvas da infeliz. Ela inda pôde
erguer-se e quis correr dali, envolta em fogo,
movendo em todos os sentidos a cabeça
no afã de se livrar do adorno flamejante,
mas o diadema não saía do lugar
1360 e quanto mais a moça agitava a cabeça
mais se alastravam as devoradoras chamas.
Ela caiu no chão, por fim, aniquilada
e tão desfigurada que somente os olhos
do pai foram capazes de reconhecê-la.
1365 Não se podiam distinguir sequer as órbitas
nem ver de forma alguma o rosto antes tão belo;
corria muito sangue de sua cabeça
e misturava-se com as chamas; suas carnes,
roídas pelos muitos dentes invisíveis
1370 de teus venenos, desprendiam-se dos ossos,
e à semelhança da resina dos pinheiros
desintegravam-se numa cena horrorosa.
Todos temíamos tocar em seu cadáver,
pois tanta desventura nos deixava atônitos.
1375 O pai, então, ainda alheio ao desenlace

horrível, entrou transtornado no aposento
e se lançou de encontro à morta; soluçava
pungentemente e, envolvendo-a com seus braços,
beijou-a e disse: "Minha desditosa filha!
1380 Que deus quis infligir-te essa aviltante morte?
Quem decidiu privar de ti um ancião
à beira do sepulcro? Que a morte me leve
contigo, minha filha!" E quando terminou
de lamentar-se e soluçar, quis aprumar
1385 o velho corpo mas, igual à hera unida
ao tronco do loureiro, ele continuava
inseparavelmente preso ao fino véu.
A luta foi terrível; ele se esforçava
por levantar-se, ajoelhando-se primeiro;
1390 o peso do cadáver, todavia, agindo
em sentido contrário, derribava o pai.
Se o ancião tentava erguer-se de uma vez,
soltava-se dos ossos sua velha carne.
Vencido, finalmente, ele entregou a alma
1395 — infortunado! —, sem forças para enfrentar
tanta desgraça. Agora jazem mortos, juntos,
o idoso pai e a filha, uma calamidade
que justificaria torrentes de lágrimas.

Dirigindo-se a MEDEIA.

Nada quero dizer, Medeia, a teu respeito;
1400 verás voltar-se contra ti a punição.
Há muito tempo considero que os mortais

vivem como se fossem sombras, e os que julgam
ser mais sagazes e pensar melhor que os outros
são os mais castigados. Criatura alguma
1405 é venturosa até o fim; muitas possuem
bens incontáveis, mas não têm felicidade.

CORIFEU
Os deuses tentam atingir agora Jáson
com numerosas desventuras merecidas.
Ah! Infeliz filha do rei! Sentimos tanto
1410 que, vítima da união com Jáson, chegues
antes do tempo às portas da mansão dos mortos!

MEDEIA
Não volto atrás em minhas decisões, amigas;
sem perder tempo matarei minhas crianças
e fugirei daqui. Não quero, demorando,
1415 oferecer meus filhos aos golpes mortíferos
de mãos ainda mais hostis. De qualquer modo
eles devem morrer e, se é inevitável,
eu mesma, que os dei à luz, os matarei.
Avante, coração! Sê insensível! Vamos!
1420 Por que tardamos tanto a consumar o crime
fatal, terrível? Vai, minha mão detestável!
Empunha a espada! Empunha-a! Vai pela porta
que te encaminha a uma existência deplorável,
e não fraquejes! Não lembres de todo o amor
1425 que lhes dedicas e de que lhes deste a vida!

Esquece por momentos de que são teus filhos,
e depois chora, pois lhes queres tanto bem
mas vais matá-los! Ah! Como sou infeliz!

MEDEIA entra em casa.

6º ESTÁSIMO

[O Coro invoca a Terra e o Sol, avô de Medeia, como testemunhas
do crime que está prestes a se consumar. Também suplica aos
deuses que impeçam a matança e lamenta que o ódio tenha
conduzido Medeia ao extermínio de sua prole, prevendo que
sofrerá um castigo condizente com os seus atos. Ouvem-se os
gritos de socorro das crianças no interior da casa. O Coro cogita
intervir, mas apenas lamenta o desfecho dos fatos, apresentando
Ino como exemplo mítico para o infanticídio. (v. 1429-1473)]

CORO
Ah! Terra! Sol que trazes luz a tudo!
1430   Olhai-a! Vede essa mulher funesta
antes de ela descer sobre seus filhos
a mão sangrenta prestes a matar
a sua própria carne! Eles descendem
de uma raça de ouro e é horrível
1435   que o sangue de um deus corra sob os golpes
de uma criatura humana! Vem, então,
luz nascida de Zeus, fá-la parar,
detém-na, expulsa em tempo lá de dentro

a miserável Fúria sanguinária
1440 entregue à sanha de gênios malignos!
Sofreste em vão, Medeia, por teus filhos,
em vão pariste uma prole querida,
tu, que venceste o traiçoeiro estreito
de águas azuis e escolhos da Simplégades!
1445 Ah! Infeliz! Por que tanto furor,
e tão feroz, avassalou tua alma,
presa desse delírio criminoso?
A maldição do sangue dos parentes
pesa sobre os mortais e precipita
1450 contra quem mata a sua própria raça
desgraças infligidas pelos deuses
na proporção exata de seus crimes.

OS FILHOS DE MEDEIA
Do interior da casa.
Ai! Ai!

CORIFEU
Ouvistes os gritos dos filhos? Não ouvistes?

1º FILHO
1455 Ah! Que fazer? Como fugir de minha mãe?

2º FILHO
Não sei, irmão querido! Estamos sendo mortos!

CORIFEU

Vamos entrar! Salvemos as frágeis crianças!

1º FILHO

Sim, pelos deuses! Vinde já para salvar-nos!

2º FILHO

Já fomos dominados! Vemos o punhal!

CORIFEU

1460 Ah! Infeliz! Tu és então de pedra ou ferro
para matar assim, com tuas próprias mãos,
os dois filhos saídos de tuas entranhas?

1ª MULHER DO CORO

Somente uma mulher ousou até agora
exterminar assim os seus filhos queridos!

2ª MULHER DO CORO

1465 Foi Ino, que, expulsa pela mulher de Zeus
de sua casa e sem destino, enlouqueceu.

3ª MULHER DO CORO

Lançou-se a desditosa aos vagalhões amargos,
impondo aos filhos uma morte impiedosa.

4ª MULHER DO CORO

Precipitando-se de altíssimo penhasco
1470 ao mar, ela levou seus filhos para a morte.

CORIFEU

Que poderia acontecer de mais terrível?
Ah! Leito nupcial, fecundo em sofrimentos
para as mulheres, quantos males já causaste!

Entra JÁSON precipitadamente.

ÊXODO

[Jasão chega à casa para tentar salvar os filhos da vingança dos
parentes de Creonte e descobre que Medeia já os assassinou.
Ao tentar forçar a porta para ver os corpos dos filhos, encontra
Medeia no carro alado que seu avô, o Sol, enviara para sua
fuga. Jasão enfatiza sua condição de bárbara e sua selvageria,
para justificar tamanha monstruosidade. Ela insiste que
o desrespeito com que ele a tratara fora a causa de tanto
infortúnio. De posse dos cadáveres dos filhos, ela se comporta
como uma divindade, determinando o funeral deles, seu
autoexílio e o destino de Jasão. De fato, ela ocupa a posição em
geral reservada aos deuses, suspensos nos ares pelo guindaste,
o deus ex machina. Sua vitória sobre os inimigos está completa,
embora reconheça que sofrerá com a morte dos filhos. As
palavras finais do Coro revelam a sua perplexidade diante das
surpresas que os deuses reservam aos mortais. (v. 1474-1617)]

JÁSON

Dizei, mulheres que aqui vejo em frente à casa:
1475 Medeia, autora desse crime pavoroso,

ainda está lá dentro, ou se afastou fugindo?
Que ela se esconda nas profundezas da terra,
ou, recebendo asas, suba ao infinito,
se não quiser pagar agora o justo preço
1480 de sua crueldade! Ou pensa ela que,
depois de haver causado a morte dos senhores
desta cidade, fugirá impunemente?
Mais do que nela estou pensando nos meus filhos.
Ela receberá de volta o mal que fez
1485 às suas vítimas; é a vida de meus filhos
que vim salvar, pois temo que a real família
pretenda castigar nos frágeis descendentes
o crime horrendo cometido pela mãe.

CORIFEU
Ah! Jáson! Não pudeste perceber ainda
1490 — infortunado! — toda a tua desventura!
Se já soubesses, não falarias assim.

JÁSON
Que há? Ela queria matar-me também?

CORIFEU
Teus filhos estão mortos. Sua mãe matou-os.

JÁSON
Que dizes? Ai de mim! Mataste-me, mulher!

CORIFEU

1495 Fica sabendo: já não existem teus filhos.

JÁSON

Onde ela os trucidou? Dentro ou fora de casa?

CORIFEU

Entra em teu lar; verás teus filhos já sem vida.

JÁSON

Gritando em direção à casa.

Abri logo os ferrolhos e tirai as trancas,
criados, para que eu veja meus filhos mortos
1500 — dupla infelicidade a minha! — e sua mãe,
a quem darei a merecida punição!

Não obtendo resposta, JÁSON se lança contra a porta, tentando forçá-la.

MEDEIA aparece por cima da casa, num carro flamejante, no qual se veem, também, os cadáveres de seus dois filhos.

MEDEIA

Por que tentas forçar e destruir as portas?
Procuras os cadáveres e a criminosa?
Poupa-te esta fadiga; se quiseres ver-me,
1505 estou aqui. Dize o que esperas. Tuas mãos,
porém, jamais me tocarão. Este é o carro

que o Sol, pai de meu pai, fez chegar até mim,
para me proteger contra o braço inimigo.

JÁSON
Monstro! Mulher de todas a mais odiada
1510   por mim e pelos deuses, pela humanidade!
Tiveste a incrível ousadia de matar
tuas crianças com um punhal, tu, que lhes deste
a vida, e também me atingiste mortalmente
ao me privar dos filhos! E depois do crime
1515   ainda tens o atrevimento de mostrar-te
ao sol e à terra, tu, sim, que foste capaz
de praticar a mais impiedosa ação!
Tens de morrer! Hoje, afinal, recuperei
minha razão, perdida no dia fatídico
1520   em que te trouxe de teu bárbaro país
para uma casa grega, tu, flagelo máximo,
traidora de teu pai e da terra natal!
Lançaram contra mim os deuses um demônio
sedento de vingança que te acompanhava,
1525   pois já tinhas matado teu irmão em casa
antes de entrar em minha nau de bela proa.
Foi este o teu começo. Logo te casaste
com o homem que te fala e, depois de lhe dar
dois filhos, imolaste-os às tuas bodas
1530   e ao leito nupcial. Jamais houve uma grega
capaz de um crime destes, e eu te preferi
em vez de outra. Para desespero meu

fui aliar-me a uma inimiga, uma leoa
e não uma mulher, ser muito mais feroz
1535 que os monstros mais selvagens. Mas, por que falar?
Eu não te ofenderia nem com mil injúrias,
tão insensível és! Dana-te, pois, infame,
nojenta infanticida! Resta-me somente
gemer curvado aos golpes deste meu destino.
1540 Não provei o sabor, sequer, das novas núpcias
e não vou conviver com os filhos, pois perdi-os!

MEDEIA
Se Zeus pai não soubesse como te tratei
e como e quanto me ofendeste, esta resposta
à tua falação teria de ser longa.
1545 Não deverias esperar, após o ultraje
contra meu leito, que fosses passar a vida
rindo de mim, tranquilo com a filha do rei;
Creonte, que te deu a filha para esposa,
não haveria de querer impunemente
1550 expulsar-me daqui, onde cheguei contigo.
Chama-me agora, se quiseres, de leoa
e monstro; quis apenas devolver os golpes
de teu instável coração como podia.

JÁSON
Mas também sofres. Nossas dores são as mesmas.

MEDEIA

1555 É claro, porém sofro menos se não ris.

JÁSON

Minhas crianças! Que mãe perversa tivestes!

MEDEIA

Matou-vos a perfídia deste pai, meus filhos!

JÁSON

Mas não foi minha a mão que lhes tirou a vida.

MEDEIA

Foi teu ultraje, teu segundo casamento!

JÁSON

1560 O leito abandonado justifica o crime?

MEDEIA

Essa injúria é pequena para uma mulher?

JÁSON

Se ela é sensata. Para ti, tudo é ofensa.

MEDEIA

Apontando para as crianças mortas.

Elas já não existem. Sofrerás por isso.

JÁSON

Existem para atormentar-te em teu remorso.

MEDEIA

1565 Os deuses sabem a quem cabe toda a culpa.

JÁSON

Sabem, também, quão tenebrosa é tua mente.

MEDEIA

Odeia-me! Tuas palavras me repugnam.

JÁSON

Repugnas-me também. Matemo-nos! É fácil!

MEDEIA

Mas, como? Que devo fazer? É o meu desejo!

JÁSON

1570 Deixa-me sepultar meus filhos e chorá-los!

MEDEIA

De modo algum! Com minhas próprias mãos eu mesma
hei de enterrá-los. Transportá-los-ei agora
ao santuário de Hera, deusa das colinas,
onde nem tu nem mais ninguém possa ultrajá-los
1575 violando-lhes o túmulo. Instituiremos
solenes cerimônias na terra de Sísifo,

visando à expiação desse terrível crime.
Irei de lá para a cidade de Erecteu,
onde me acolherá o filho de Pandíon,
1580 Egeu. Morrerás miseravelmente aqui,
colhendo — miserável! — os amargos frutos
do novo casamento que tanto querias!

JÁSON
Ah! Céus! Matem-te as Fúrias vingadoras
de nossos filhos e a justiça certa!

MEDEIA
1585 Mas, quem te escutará, deus ou demônio,
a ti, perjuro, a ti, hóspede pérfido!

JÁSON
Ah! Monstro odioso, infanticida infame!

MEDEIA
Volta! Vai sepultar a tua esposa!

JÁSON
Sim, voltarei, e sem meus filhos mortos...

MEDEIA
1590 Chorarás mais ainda na velhice!

JÁSON
Filhos queridos!

MEDEIA
Por mim, não por ti!

JÁSON
Tu os mataste!

MEDEIA
Para que sofresses!

JÁSON
1595 Ah! Lábios adoráveis de meus filhos
tão infelizes! Quero acariciá-los!...

MEDEIA
Hoje lhes falas, queres afagá-los;
até há pouco nem os procuravas.

JÁSON
Deixa-me ao menos, em nome dos deuses,
1600 tocar os corpos frágeis de meus filhos!

MEDEIA
Desaparecendo lentamente com o carro.

Não é possível; são palavras vãs.

JÁSON

Ouviste, Zeus, como fui repelido,
como me trata a infanticida pérfida,
essa leoa? Que posso fazer?
1605 Chorar meus filhos e tomar os deuses
por testemunhas de que, após matá-los,
não me permitiste sequer tocá-los
com minhas mãos e dar-lhes sepultura...
Antes eu nunca os houvesse gerado
1610 para vê-los morrer sob os teus golpes!...

JÁSON retira-se lentamente.

CORIFEU

Enquanto o CORO também se retira.

Dos píncaros do Olimpo Zeus dirige
o curso dos eventos incontáveis
e muitas vezes os deuses nos deixam
atônitos na realização
1615 de seus desígnios. Não se concretiza
a expectativa e vemos afinal
o inesperado. Assim termina o drama.

FIM

1ª EDIÇÃO [2021] 4 reimpressões

ESTA OBRA FOI COMPOSTA POR MARI TABOADA EM MORE PRO E
IMPRESSA EM OFSETE PELA GEOGRÁFICA SOBRE PAPEL PÓLEN BOLD
DA SUZANO S.A. PARA A EDITORA SCHWARCZ EM AGOSTO DE 2025

A marca FSC® é a garantia de que a madeira utilizada na fabricação do papel deste livro provém de florestas que foram gerenciadas de maneira ambientalmente correta, socialmente justa e economicamente viável, além de outras fontes de origem controlada.